Tucholsky Wagner Zola Scott Sydow Freud Schlegel
Turgenev Wallace Fonatne
Twain Walther von der Vogelweide Fouqué Friedrich II. von Preußen
Weber Freiligrath Frey
Kant Ernst
Fechner Fichte Weiße Rose von Fallersleben Richthofen Frommel
Hölderlin
Engels Fielding Eichendorff Tacitus Dumas
Fehrs Faber Flaubert
Eliasberg Ebner Eschenbach
Maximilian I. von Habsburg Fock Zweig
Feuerbach Eliot Vergil
Ewald
Goethe London
Elisabeth von Österreich
Mendelssohn Balzac Shakespeare Dostojewski Ganghofer
Lichtenberg Rathenau Doyle Gjellerup
Trackl Stevenson Hambruch
Mommsen Tolstoi Lenz Droste-Hülshoff
Thoma Hanrieder
von Arnim Hägele Hauff Humboldt
Dach Verne
Karrillon Reuter Rousseau Hagen Hauptmann Gautier
Garschin
Defoe Baudelaire
Damaschke Hebbel
Descartes Hegel Kussmaul Herder
Wolfram von Eschenbach Schopenhauer
Darwin Dickens Rilke George
Bronner Melville Grimm Jerome
Campe Horváth Aristoteles Bebel Proust
Voltaire Federer
Bismarck Vigny Barlach Herodot
Gengenbach Heine
Storm Casanova Tersteegen Grillparzer Georgy
Chamberlain Lessing Langbein Gilm
Gryphius
Brentano Lafontaine
Claudius Schiller Kralik Iffland Sokrates
Strachwitz Schilling
Katharina II. von Rußland Bellamy
Gerstäcker Raabe Gibbon Tschechow
Löns Hesse Hoffmann Gogol Wilde Vulpius
Luther Heym Hofmannsthal Gleim
Klee Hölty Morgenstern
Roth Heyse Klopstock Kleist Goedicke
Luxemburg Homer Mörike
Puschkin Horaz Musil
Machiavelli La Roche
Navarra Aurel Musset Kraft Kraus
Kierkegaard
Nestroy Marie de France Lamprecht Kind Kirchhoff Hugo Moltke
Laotse Ipsen Liebknecht
Nietzsche Nansen
Marx Ringelnatz
von Ossietzky Lassalle Gorki Klett Leibniz
May vom Stein Lawrence Irving
Petalozzi Knigge
Platon Kafka
Sachs Pückler Michelangelo Kock
Poe Liebermann
de Sade Praetorius Mistral Zetkin Korolenko

Der Verlag tredition aus Hamburg veröffentlicht in der Reihe **TREDITION CLASSICS** Werke aus mehr als zwei Jahrtausenden. Diese waren zu einem Großteil vergriffen oder nur noch antiquarisch erhältlich.

Symbolfigur für **TREDITION CLASSICS** ist Johannes Gutenberg (1400 — 1468), der Erfinder des Buchdrucks mit Metalllettern und der Druckerpresse.

Mit der Buchreihe **TREDITION CLASSICS** verfolgt tredition das Ziel, tausende Klassiker der Weltliteratur verschiedener Sprachen wieder als gedruckte Bücher aufzulegen – und das weltweit!

Die Buchreihe dient zur Bewahrung der Literatur und Förderung der Kultur. Sie trägt so dazu bei, dass viele tausend Werke nicht in Vergessenheit geraten.

Zur Wald- und Wasserfreude

Theodor Storm

Impressum

Autor: Theodor Storm
Umschlagkonzept: toepferschumann, Berlin

Verlag: tredition GmbH, Hamburg
ISBN: 978-3-8424-1247-7
Printed in Germany

Theodor Storm

Zur »Wald- und Wasserfreude«

Im dritten Hause von der Marktecke, wo in dem Schaufenster der Tempel aus weißem Dragant mit Rosengirlanden und fliegenden Amoretten zwischen einer Garnitur von Franz- und Sauerbrötchen prangte, wohnte derzeit Herr Hermann Tobias Zippel. Er hatte vordem in einer andern Stadt des Landes allerlei Handelsgeschäfte getrieben, war aber, nachdem er sich solcherweise ein kleines Vermögen erworben hatte, seiner unruhigen Natur gemäß von dort verzogen, um einmal anderswo was anderes zu beginnen. In seinem jetzigen Hause hatte er eine Konditorei und eine Bäckerei errichtet, deren notwendige Verbindung dem beschränkten Geiste dieser Stadt bisher noch unentdeckt geblieben war; nach Erbauung des weißen Draganttempels wurde dann auch noch eine Tapetenhandlung angelegt; d. h. was man wirklich so Tapeten nennen konnte; denn vor ihm, wie er händereibend zu versichern pflegte, hatten die Leute sich ihre Stuben nur mit aller Art von buntem Löschpapier verkleistert.

Herr Zippel war ein blasses Männchen mit vollem dunklem Haupthaar, das er, um seinem arbeitenden Gehirne Luft zu schaffen, alle Augenblicke mit seinen fünf gespreizten Fingern in die Höhe zog. Wohl zehnmal in einer Stunde, gleiche einem Marionettenmännchen, erschien und verschwand er in dem Rahmen seiner allzeit offenen Haustür; und den an dem gegenüberliegenden Straßenfenster strickenden Damen begann etwas zu fehlen, sobald das gewohnte Spiel einmal versagte.

Das einzige Kind des Hauses war eine Tochter, ein braunes, grätiges Ding mit zwei langen Zöpfen und damals kaum dreizehn Jahre alt. In der Taufe hatte sie den Namen Rosalie erhalten, und wenn Herr Zippel, sei es pathetisch oder auch nur zornig war, dann wurde sie auch so von ihm gerufen, für gewöhnlich aber nannte man sie, aus Gott weiß welchem Grunde, Kätti. Herr Zippel schickte seine Tochter in die beste Mädchenschule, aber sie war eine berufen schlechte Schülerin. Nur in der Geographiestunde pflegte sie mitunter aufzumerken; der Lehrer war einst in vielen Ländern herumgekommen, und seine Vorträge gewannen zuweilen den Ton der Sehnsucht in die weite, weite Welt; dann starrten ihn die schwarzen Augensterne an, und die mageren Arme des Kindes reckten sich über den Schultisch immer weiter ihm entgegen. Auch in den Klavierstunden, die ihr der Vater geben ließ, blieb sie nicht dahinter; ja, sie zeigte bisweilen eine Auffassung, die über ihre Jahre hinauszugehen schien; und es konnte dann wohl geschehen, daß sie mitten im Stücke aufsprang und davonlief, als ob was Fremdes über sie hereingebrochen sei.

Aber der schwere Klavierkasten, der so fest gegen die Wand geschoben stand, war nicht das Instrument, das ihre eigenste Natur verlangte. Ein solches, das sie bis jetzt nur in den Händen durchziehender Künstlerinnen gesehen hatte, sollte ihr erst jetzt zuteil werden.

Auf dem Boden des langgestreckten Hauses befand sich nach dem Hofe zu eine Giebelstube, in welche unlängst bei Beginn des Sommersemesters ein schon älterer Primaner eingezogen war. Aus irgendeinem Winkel hatte Kätti von rot bemützten jungen Herren nebst vielen Büchern auch eine Gitarre hineingetragen und mit verlangenden Augen hinter der sich schließenden Stubentür verschwinden sehen. Aber eines Nachmittags, da sie ihren Hausgenossen sicher in seiner Gelehrtenschule wußte, und während sie selber freilich in ihrer Mädchenschule sitzen sollte, huschte sie leise über den Boden und blickte durch die geöffnete Tür in die leere Stube. Als sie die Gitarre gegenüber an der Wand hängen sah, schlüpfte sie hinein und zog hinter sich die Tür ins Schloß.

Ebenso ging es am folgenden Nachmittage und noch ein paar Tage weiter; endlich kam Klage aus der Mädchenschule: Kätti hatte die letzte Woche jeden Nachmittag gefehlt. Es war kein Zweifel, sie mußte sich bis dahin zierlich durchgelogen haben; nun aber brach das Wetter über sie herein. Herr Zippel erinnerte sich plötzlich ihres Taufnamens; mit gesträubtem Haupthaar lief er im Hause umher; den Brief der Lehrerin hielt er in der einen Hand und schlug ihn mit der andern. »Rosalie!« rief er, »Rosalie! Wo hat das Unglückskind sich wieder hin verflogen!«

Endlich, irgendwoher, erschien sie vor ihm; halb lauernd, halb ängstlich sah sie ihren Vater an. »Weißt du, daß du mein einziges Kind bist«, sprach Herr Zippel nachdrücklich, »und daß deine Mutter in der Erde ruht?«

Kätti ließ das Köpfchen hängen, daß ihr die langen Flechten über die Brust herabfielen.

»Kannst du lesen?« fragte Herr Zippel wieder.

Sie antwortete nicht.

»Da!« sagte er und gab ihr den Brief der Lehrerin. »Versuch es; aber es ist geschriebene Schrift! Wie kann man geschriebene Schrift lesen, wenn man nicht zur Schule geht!«

»Ich kann wohl lesen!« sagte sie trotzig und erschrak doch, als sie einen Blick hineingetan hatte. Aber sie kannte ihren Vater, sie mußte ihn ruhig austoben lassen.

Er hatte den Brief ihr aus der Hand gerissen und vollzog an diesem aufs neue seine symbolische Züchtigung; dabei sagte er seiner Tochter, sie würde seinen sauer erworbenen Ruf zugrunde richten, sein schwarzes Haar würde vor Weihnachten noch weißer als der Schnee sein, und sie selber würde am Ende ihres Lebens an einem sehr hohen Galgen hängen.

Das war zuviel; Kätti brach in bittere Tränen aus.

»Aber, Unglückskind, was hast du denn getrieben?« Herr Zippel hatte ihre Hände ergriffen und blickte zweifelnd und ratlos auf sie hin.

»Ich habe nicht gefaulenzt«, sagte Kätti.

»Nicht gefaulenzt? Aber was denn sonst?«

»Ich habe nur was andres getan, als was sie in der Schule tun!« Und dabei zeigte sie ihrem Vater die Fingerspitzen ihrer beiden Händchen.

Herr Zippel besichtigte eine nach der andern mit wachsendem Erstaunen. »Aber, zum Erbarmen! die sind ja alle wund, die einen noch schlimmer als die andern!«

»Ja«, sagte Kätti, »das ist auch nicht so leicht!«

»Aber, um des Himmels willen, wo hast du denn gesteckt?«

Sie schwieg einen Augenblick, dann sagte sie: »Ist der Primaner zu Hause?«

»Der Primaner? Nein, der ist eben fortgegangen. Aber was soll denn der Primaner?«

»Komm!« sagte sie. Und schon hatte sie ihres Vaters Hand ergriffen und zog ihn mit sich fort: die Treppe hinauf, über den Boden, dann in das Giebelstübchen.

Rasch langte sie die Gitarre von der Wand, setzte ihr eines Füßchen auf ein dickes Lexikon, das auf dem Fußboden lag, und ein paar voll gegriffene Akkorde erklangen unter ihren Fingern.

Herr Zippel stand mit untergeschlagenen Armen und weit aufgerissenen Augen gegen die Wand gelehnt. Er hatte eine Lieblingskanzonetta. »Kätti«, sagte er mit vor Erwartung bebender Stimme. »Es ritten drei Reiter zum Tore hinaus!«

Kätti hatte es tausendfach von ihrem Vater singen, pfeifen und brummen gehört; es war auch das erste gewesen, wozu sie sich die Begleitung auf dem Instrument zusammengelesen hatte. Und nun, während die kleinen Finger aufs neue das Griffbrett faßten, hub sie an und sang mit ihrer etwas schrillen Kinderstimme: »Es ritten drei Reiter zum Tore hinaus, ade!«

»Ade!« sang Herr Zippel schüchtern und wie fragend mit.

»Und wenn es denn soll geschieden sein –«

Herr Zippel hatte sich hoch aufgerichtet; seine Augen begannen zu leuchten, bald schlug er die Hände über dem Rücken ineinander, bald fuhr er damit durch seine aufgeregten Haare; dann aber, als der Refrain wiederkehrte, setzte er mutig mit seiner scharfen Tenorstimme ein, und bald sangen Vater und Tochter miteinander, daß es durch Haus und Boden schallte:

»Ade, ade, ade!
Ja, Scheiden und Meiden tut weh!«

»Rosalie! Mein Kind, mein Genie!« Herr Zippel schloß das winzige Geschöpfchen in seine Arme und betaute es mit seinen Tränen. »Ja, ja, die alte Schulmamsell mit ihrem Strickstrumpf, mit ihrer trockenen gelben Jungfernnase, was weiß auch die –«

Als er infolge eines Geräusches umblickte, stand die dicke Magd mit ihrem Kochlöffel in der offenen Stubentür. »Herr Zippel, vorm Laden ist ein Junge, der will für'n Schilling Butterkringel!«

»Der Junge soll zum Teufel gehen!«

»Aber, Herr Zippel!«

»So ruf den Burschen!«

»Herr Zippel, ich weiß nicht, wo der Bursche ist.«

»Nun, so gib ihm selbst die Kringel!«

»Aber ich bin nicht für den Laden, Herr Zippel!«

Er stieß die dicke Magd zur Seite und rannte scheltend über den Boden in das Unterhaus hinab. Die Magd sah ihm ruhig nach und watschelte dann langsam hinterdrein.

Kätti war allein. Sie setzte sich ans Fenster, hauchte auf ihre Fingerchen, stützte dann ihr Köpfchen an den Hals der Gitarre und blickte nachdenklich in das Gezweige des großen im Hofe stehenden Walnußbaumes, wo ihr grauer Kater »Nickebold« sich mit der Sperlingsjagd beschäftigte. Was half das alles! Das häusliche Ungewitter war zwar vorübergezogen; aber in die dumme Schule mußte sie ja nun doch wieder jeden Nachmittag; und außer den Schulstunden – wann war sie dann vor dem Überfall des Primaners sicher? – Plötzlich trat ein entschlossener Zug um ihren hübschen Mund; aber da sie eben wie zur Ermutigung einen nach dem andern ihrer eingelernten Akkorde griff, schallten junge Männerstimmen von unten und jetzt schon aus dem Treppenhaus hinauf.

Im Nu hing die Gitarre an der Wand, und Kätti war wie fortgeblasen.

Ein paar Stunden später saß der hübsche Primaner – Wulf Fedders hieß er – in voller Arbeitstätigkeit an seinem Tische. Vor sich hatte er die Tür nach dem weiten Boden offenstehen; vermutlich nur weil der geschlossene Stubenraum ihm seinen Geist beengte; denn er blickte nicht hinaus, sondern war emsig bemüht, für seinen deutschen Aufsatz eine Kette von Satzfolgen zu Papier zu bringen, welche er eben auf einem Spaziergange in Gedanken sich zurechtgelegt hatte. Anmutig schwebte ihm bei seiner Arbeit das sonst so griesgrämige Gesicht des alten Rektors vor; er hatte ihm heute bei seiner Verdeutschung des Thukydides so wohlgefällig zugenickt; Wulf Fedders sah schon deutlich dasselbe Nicken bei Rückgabe dieses Aufsatzes. Und die Feder des jungen Primaners arbeitete behaglich weiter.

Als er aufblickte, stand Kätti ihm gegenüber; es war ihr eigen, plötzlich dazusein, ohne daß man sie hatte kommen hören.

»Du!« rief er. »Bist du schon lange da?«

Sie nickte.

»Was willst du, Kind?« sagte er und betrachtete das braune Köpfchen, das er bisher nur ein paarmal flüchtig hatte vorüberhuschen sehen.

Kätti zeigte auf das vor ihm liegende Papier und sagte: »Haben Sie noch mehr darauf zu schreiben?«

Er schüttelte sein blondes Haar aus der Stirn und lachte. »Noch ein paar Sätze; dann ist's vorläufig genug.«

»Darf ich so lang hierbleiben?«

»Weshalb nicht? Setz dich!« sagte er, indem er schon wieder weiterschrieb.

Sie setzte sich auf den Stuhl am Fenster; aber ihre Augen ruhten unablässig auf dem Antlitze des Schreibenden, als wolle sie erwägen, was hinter den gesenkten Lidern sich verbergen möge. Als er dann die Feder wegwarf, schrak sie fast zusammen.

»Fertig!« rief er. »Nun, Kätti? – Du heißt doch Kätti?«

»Ja, Kätti.«

»Nun, so komm her und sprich, was du auf dem Herzen hast!«

Sie war zögernd wieder vor den Tisch getreten. »Wollen Sie auch nicht böse werden?«

»Das werd ich nicht so leicht; aber ich kann's dir doch im voraus nicht versprechen.«

Sie besann sich eine Weile. »Dann mögen Sie auch böse werden«, sagte sie und zeigte nach der Wand; »ich habe alle Nachmittag auf Ihrer Gitarre da gespielt.«

»Und weshalb erzählst du mir das jetzt? Nur, weil es die Wahrheit ist?«

Sie schüttelte heftig mit dem Kopfe.

»Nein? Aber weshalb denn?«

»Ich möchte es lernen«, sagte sie leise; »aber es ist hier keiner, der darin Stunden gibt!«

»Jetzt so! – Nun, Fräulein Kätti, was ich davon verstehe, ist zu Diensten!«

Freudenrot und zitternd folgte das Kind mit seinen dunkeln Augen, wie er jetzt die Bücher fortschob und die Gitarre von der Wand herunterlangte.

Und somit wurde das erste Ringlein fertig als Glied zu einer feinen unsichtbaren Kette.

Wie von selbst wurden die Stunden herausgefunden, in denen der kleine musikalische Verkehr sich ungestört entfalten konnte; Kätti säumte nicht, zu kommen, und auch Wulf Fedders blickte mitunter über seine Bücher nach der halb offenen Stubentür, ob denn das braune Köpfchen noch nicht durch die Spalte gucke. Wenn sie dann eintrat, hatte er oftmals Mühe, seine bewundernden Augen abzuwenden, damit – so warnte er sich selber – das Kind nicht eitel werde. Er hatte freilich nicht gesehen, wie sie kurz zuvor an ihrem aufgezogenen Schubfache kniete, um ein bestes Krägelchen oder ein andres Putzstück daraus hervorzukramen; hatte er doch nicht einmal bemerkt, daß erst seit ein paar Tagen eine rote Seidenschleife gleich einem angeflogenen Schmetterling auf ihrem schwarzen Haare saß.

Übrigens waren Kättis musikalische Fortschritte unverkennbar; was der junge Lehrer an Griffen und Fingersatz ihr beizubringen wußte, war alles rasch erlernt worden. Dagegen kam eines Tages wieder Klage aus der Mädchenschule; als Wulf Fedders nach der Klasse in das Haus trat, zog Herr Zippel ihn in die Stube und rief ihn gegen das ungelehrige Kind zu Hilfe. Und der blonde Primaner, unter dessen Scheitel sich neben anderm auch ein Quentchen Altklugheit versteckte, redete zu Herrn Zippels Entzücken in das arme Ding hinein, daß sie schier verblasen dastand und in den nächsten Tagen brennend fleißig war.

Ganz anders freilich geschah es, wenn sie oben in der Giebelstube saßen, wo die grünen Zweige des Nußbaums in das offene Fenster nickten und wo von solchen heiklen Dingen nie die Rede war. Zwar hatte bei Wulf Fedders die Gitarre keine weitere Bedeutung als das Vögelsingen, wenn Frühling ist; dennoch hörte es sich anmutig, wenn er mit seinem weichen Bariton aus seinem Liederschatz zum besten gab.

> »Ein Vöglein sing so süße
> Vor mir von Ort zu Ort!«

Wenn er das anhub, saß Kätti gewiß auf ein paar übereinandergepackten Büchern zu seinen Füßen, und wenn er geendet hatte, sprach sie ebenso gewiß: »Noch einmal, bitte!« Und dann sang er es noch einmal. Der Worte dieses Liedes wurde sie sich kaum bewußt, es war ihr nur die Melodie zu der sich dunkel regenden Empfindung, mit der sie in das hübsche Jünglingsantlitz blickte.

Eine unschuldige Heimlichkeit begleitete dies Beisammensein. Kätti schwieg gegen jedermann, aus unbestimmter Furcht, es könne ihr geraubt werden; den jungen Primaner aber hielt eine sehr bewußte Scheu zurück, seinen Verkehr mit dem eigenartigen Backfischchen der Kritik seiner Kommilitonen auszusetzen. Und da Kätti für jeden Ton das feinste Ohr hatte, so entging es ihr nie, wenn unten durch die Haustür ein Gymnasiastenschritt hereinstürmte. Bevor er noch die unterste Treppenstufe erreicht hatte, war sie jedesmal verschwunden und huschte später aus irgendeinem Bodenwinkel in das Unterhaus hinab.

Und dennoch einmal! Wulf Fedders hatte eben ihr Lieblingslied gesungen, und Kätti saß vor ihm auf ihren dicken Büchern, die dunkeln Augen wie im Traum auf ihn gerichtet, die eine ihrer schwarzen Flechten um die Hand geschlungen.

»Die Blumen in dem Walde,
Die Blumen auf der Halde,
Die blühn im Dunkeln fort.«

Er hatte kaum geendet, da trat, ohne daß eines von beiden es bemerkte, der »forscheste« aller künftigen Studenten in das Zimmer und warf mit einem derben »'n Morgen!« – es war nicht einmal Morgen – seine rote Mütze neben ihnen auf den Tisch.

Im Nu war Kätti aufgesprungen und flog an ihm vorüber.

»Was war denn das für eine schwarze Katze?« rief der Forsche.

»Es ist die Wirtstochter«, erwiderte Wulf nicht ohne sichtbare Verlegenheit.

Der andre klopfte ihm vertraulich auf die Schulter. »Ja so! – Du scheinst mit ihr zu schwärmen, alter Freund!«

»Sie ist ein Kind; sie hatte mir den Tee gebracht.«

Kätti stand noch hinter der offenen Stubentür und machte mit ihren kleinen Händen ein paar Krallen gegen den groben Eindringling, bevor sie ganz verschwand. Mit ihrem Freunde war sie wohl zufrieden. »Wirtstochter!« Nur »die Wirtstochter!« Das Wort war ihr eben recht; auch er hatte nichts verraten wollen.

– – Aber das letzte Semester des Schülerlebens ging zu Ende. Als Wulf Fedders, um von seinem Wirte Abschied zu nehmen, in dessen Wohnzimmer trat, kam ihm dieser mit einer Rolle in der Hand entgegen. »Leben Sie wohl, Herr Fedders«, rief er; »es ist ganz recht, daß Sie dem Nest den Rücken kehren! Sehen Sie da!« Und er entrollte eine wirklich prächtige Tapete. »Zehn Mark Kurant per Stück, ich hab' sie selbst für feste Rechnung; aber glauben Sie, daß diese knickerige Gesellschaft auch nur zu einem Ofenschirm davon gekauft hat? Wenn Sie wieder diese werte Stadt besuchen sollten, nach Hermann Tobias Zippel brauchen Sie nicht mehr zu fragen.«

Kätti wurde vergebens gerufen; erst als das Fortrollen des Wagens durch das Haus dröhnte, schlüpfte sie oben aus einem dunkeln Seitenraume des Bodens.

In der Giebelstube war alles ausgeräumt; nur die Gitarre hing noch an der Wand. »Für Kätti« stand auf dem Zettel, der durch die Saiten geschlungen war. Jetzt wurde leis die Tür geöffnet, und auf den Zehen, als fürchte es auch jetzt noch, überrascht zu werden, schlich das Kind herein. Als sie die Worte auf dem Papierstreifen gelesen hatte, drückte sie ihre Lippen darauf und brach in lautes Schluchzen aus.

Zum Amtsbezirke der Stadt gehörig, aber reichlich eine Meile südwärts, lag ein großes Dorf; im Rücken Buchen- und Tannenwälder, vor sich das breite silberne Band eines Flusses, der ein weites Wiesental durchströmte. Auf einem Vorsprunge oberhalb des Wassers stand der Kirchspielskrug mit seinem alten wetterbraunen Strohdache, den seit Menschengedenken stets der Sohn von dem noch immer rüstigen Vater überkommen hatte, Land- und Gastwirtschaft gingen Hand in Hand: die Gäste fanden neben bäuerlicher Behaglichkeit billige Preise, frische Butter zum selbstgebackenen Brote und goldgelben Rahm zum wohlgekochten und geklärten Kaffee.

Unterhalb des Gartens, der sich schräg abfallend bis fast an das Flußufer hinabzog, war das Abnahmehaus, wo noch vor kurzem der Vater des letzten bäuerlichen Wirtes wohnte. Zwar hatte auch er, gleich seinen Vorvätern, den Staven mit allen Gerechtigkeiten seinem Sohne abgetreten; aber an Sonn- und Festtagen, wenn die Gäste zu Wasser und zu Lande aus den benachbarten Städten heranzogen, stieg er in seinem besten Staate nach seiner alten Wirtschaft hinauf, um vorne in der kleinen Gaststube den Ausschank zu verwalten und dabei seine Geschichten von Anno damals an den Mann zu bringen. Und selbst die Stammgäste hörten es gern noch einmal, wie er im Walde drüben den großen Wildeber von seines Vaters gelben Sauen abgejagt oder wie er drunten am Flusse den Ottern aufgelauert hatte, die in mondhellen Nächten an dem Dorf vorbeigeschwommen waren.

Aber die bäuerliche Besitzer hatten Haus und Garten verkauft und sich weit vom Dorfe auf ihr Land hinausgebaut; und mit ihnen verschwanden neben den alten Geschichten auch die billigen Preise, der goldgelbe Rahm und die frisch gekarnte Butter.

– – Der neue Wirt war Herr Zippel. Es schien unglaublich, was er alles leistete, noch mehr, was er alles leisten wollte. Sein jetzt schon ziemlich angegrautes Haar befand sich stets im Zustande höchster Aufgeregtheit; er wollte zeigen, was aus diesem Erdenfleck zu machen sei, den seine dummen Vorgänger so lange als totes Kapital von Hand zu Hand gegeben hatten; nicht einmal einen Namen hatte sie für ihr »Etablissement« ersinnen können. Es sollte gründlich anders werden.

Und schon war der hinter der Gaststube liegende Tanzsaal durchbrochen worden und daran nach der Flußseite eine große Veranda in den Garten hinausgebaut. Eben wurde von den Zimmerleuten eine schwere Bekrönung darauf befestigt, welche auf blauem Grunde in goldenen Buchstaben eine fußhohe Inschrift in die Welt hinausstrahlte.

Herr Zippel selbst stand betrachtend der Veranda gegenüber neben einem alten Bauer aus der Nachbarschaft. Der Alte rauchte behaglich seine kurze Pfeife; Herr Zippel hatte die vor fünf Minuten angezündete Zigarre schon bis zur Unkenntlichkeit zerbissen, seine Augen leuchteten, seine Finger spielten unruhig in der Luft; als nun aber endlich da droben der letzte Hammerschlag verhallt war, las er halblaut, mit vor Erregung bebender Stimme: »Hermann Tobias Zippels Wald- und Wasserfreude!« Dann nickte er bestätigend mit dem Kopfe, ergriff den Arm seines Nachbarn und zeigte nach dem Fluß hinab, wo an zwei neuen, weiß und grün gestrichenen Booten dieselbe Inschrift auf dem Wasser schaukelte.

»Ja, ja, Nawer«, sagte der Bauer in seinem Platt, »dat kost't wat!« Dann nickte er auch und rauchte ruhig weiter.

Herr Zippel sah ihn fast entsetzt an. »Kost't was, meint Ihr? – Bringt was ein, lieber Freund! Bringt was ein!« Und liebreich, aber mit begeisterter Überlegenheit klopfte er dem Alten auf die Schulter. »Ihr versteht das nicht«, fuhr er fort, da jener statt der Antwort nur ein paarmal hustete; »wird auch kein Mensch von Euch verlangen!«

Damit führte er den ruhig Fortrauchenden durch die offene Veranda in den Tanzsaal und blieb derselben gegenüber vor einem Pianino stehen, dessen Deckel er mit gewandter Hand zurückklappte.

»Hm!« sagte der Alte, nachdem er sich die Sache eine Zeitlang angesehen hatte.

»Nun?« fragte Herr Zippel.

Und endlich kam die ersehnte Gegenfrage, ob denn die Tochter, »dat lütte Deern«, auf diesem Ding da spiele.

Jetzt aber war Herr Zippel in seinem Fahrwasser: das Kind, das Genie, das sie in ihren roten, fünf Zoll langen Schühchen schon gewesen! Sein unerschöpfliches Thema war angebrochen.

Der alte Nachbar betrachtete unterdessen eine seitwärts angebrachte Einrichtung; es war eine Estrade mit einem kleinen Sitz und einem beweglichen Notenpult davor, alles hübsch in Holzmanier gestrichen und lackiert. Diese Einrichtung war für ein zweites Genie, das der neue Wirt schon innerhalb der ersten acht Tage hier im Dorfe selbst entdeckt hatte. Es steckte in einem kleinen hinkenden Schneider, welcher die Violine spielte, und von dem einmal ein Musikfreund gesagt hatte, es sei schade, daß er nichts gelernt habe. In der Tat aber hatte er sich zu einer Art natürlicher Fertigkeit hinaufgearbeitet, ja, mitunter brach durch seine ungeschulten Töne etwas, das aus der Tiefe der Menschenbrust zu kommen schien und selbst den kundigen Hörer stutzen machte. Er hieß Peter Jensen; die Bauern aber, vielleicht in unbewußter Anerkennung, nannten ihn »Sträkelstrakel«. – Das dürre Männchen saß jetzt fast alle Feierabend auf dem Bänkchen der Estrade und blickte auf ein dunkelfarbiges Mädchen, das schräg ihm gegenüber am Klavier saß. Und nicht nur Tänze und Liedermelodien, selbst eine Mozartsche Sonate hatte die junge Virtuosin mit ihm einstudiert. Herr Zippel unterstützte das nach Kräften, denn es gehörte mit zu seiner »Wald- und Wasserfreude«; während draußen in der Veranda die Gäste seinen Wein tranken und seine »Soupers« und »Dejeuners« verzehrten, sollte vom Saale aus die Kunst ihre höhere Natur ergötzen.

»Seht Ihr, Nachbar«, schloß er seine beredte Auseinandersetzung; »das ist es, was in der Bauernwirtschaft hier gefehlt hat!«

Der Alte nickte ein paarmal, während er wie prüfend mit seiner rauhen Hand das Notenpult betastete. »Süh, süh!« sagte er endlich, ohne aufzublicken, »ward uns' Sträkelstrakel noch up sin olen Dagen en Staatsmus'kant!«

Aber Herr Zippel wurde von einem Arbeiter in den Garten gerufen, und der Alte wanderte langsam hinterher, um zu sehen, was es denn dorten wieder Neues gäbe.

Statt ihrer traten aus der Tür der Gaststube zwei andre Gestalten in den dämmerigen Raum des Saales. Kätti, sie war die eine, obgleich jetzt volle siebzehn Jahre alt, glich fast noch einem halb erwachsenen Kinde; nur ihre Wangen waren jetzt sanft gerundet, und das bleiche Braun derselben war von einem roten Hauch durchbrochen. Ihr schwarzes Haar aber trug sie noch immer in zwei langen Zöpfen; sie war eigensinnig, sie wollte es nicht anders, und auch die rote Schleife an der linken Seite durfte niemals fehlen.

Mit ihr, Geige und Bogen in der Hand, war der kleine Musikant hereingetreten. Er pflegte sonst nicht so früh am Nachmittage, sondern erst zu dem stets für ihn bereiten Abendbrot sich einzustellen; aber heute galt es, die Mozartsonate zu dem Einweihungsfeste der Veranda einzuüben. Nun hatte er auf den Ruf seiner jungen Meisterin mitten im Tagewerke Nadel und Bügeleisen weggeworfen.

Es war etwas Stilles in der Erscheinung des Mädchens, wie sie jetzt ans Klavier schritt und die Noten auflegte, während der kleine Mann schweigend seinen Platz erkletterte und, den Bogen im Anstrich, erwartend nach ihr hinblickte.

Plötzlich »Allegro, Sträkelstrakel!« rief eine junge Stimme, und dahin brausten die Töne der ungeschulten, aber tapferen Musikanten. Mitunter freilich, wenn es gar zu sorglos überhin ging, gebot dieselbe auch wohl »Halt«, und wieder »Halt«; und der Geigenbogen stockte endlich, nachdem er noch eine Weile feurig in die Figuren der nächsten Takte hinausgeschossen war.

Der kleine Geiger hörte sich nicht gern bei seinem Übernamen nennen; wenn aber bei solcher Gelegenheit Kätti ihren Finger hob und mit einer eigentümlich lieblichen Betonung sagte: »Sträkelstrakel«, dann krümmte er sich vor Wohlbehagen auf seinem lackierten Holzbänkchen, und unermüdlich wurden hierauf die hapernden

Takte wiederholt, bis das dunkle Köpfchen nickte und es wiederum mit losen Zügeln weiterging.

Als sie mit der Sonate fertig waren, hob Kätti sich auf den Fußspitzen und langte über dem Klaviere ihre Gitarre von der Wand. »Nun zur Belohnung!« sagte sie, lächelnd auf ihren Spielgenossen blickend, und dieser, als ob er nun das Höchste leisten müsse, drehte emsig an den Stimmwirbeln, klimperte und strich und drückte fast das Ohr an seine Geige.

»Sträkelstrakel!« rief wiederum die junge Stimme; da kletterte er eilig von seinem Thron herab, und bald wanderten die beiden nebeneinander im Saale auf und ab; sie leicht dahinschreitend und mit ihrer lichten Sopranstimme singend, daß es von den leeren Wänden schallte; er mit seinem lahmen Fuße stets nach einer Seite wippend und zu ihrer Gitarre begeistert seine Geige streichend. Was hatten sie nicht alles schon gesungen, den »Jäger aus Kurpfalz« nicht weniger als »So viel Stern' am Himmel stehen«. Plötzlich mitten in einem Schelmenliedchen brach sie ab; »Sträkelstrakel!« rief sie, indem sie stehenblieb.

Er war in seinem Perpendikelgange schon um ein paar Schritte weiter; als er Posto gefaßt hatte, wandte er sich um, und das schlichte staubfarbene Haar von seiner mageren Nase streichend, erwartete er ehrerbietig das Orakel aus ihrem jungen Munde.

»Peter Jensen!« sagte Kätti feierlich und nannte ihn bei seinem vollen Taufnamen; »was kann Er geigen!«

»Oh, aber Mamsellchen!«

»Und ist Er auch noch niemals draußen in der Welt gewesen?«

»Draußen in der Welt? – Was soll ich da, Mamsell?«

»Ja«, sagte sie träumerisch und heftete die Augen auf das arme Körperchen des Musikanten, als wolle sie selbst das Wunder nun vollbringen; »wenn Er doch jung und hübsch wäre, Sträkelstrakel!«

Er nickte nachdenklich, als ob ihm das schon wohl gefallen mochte. »Was dann, Mamsellchen?« frug er schüchtern.

»Dann – aber das versteht Er nicht, dann wollten wir beide miteinander in die Welt hinaus!«

Er sagte nichts; er kniff die dünnen Lippen zusammen und sah sie halb anbetend und halb traurig an.

»Nun?« fragt sie endlich.

Der arme kleine Musikant hatte sie wirklich nicht verstanden, er fand es hier im Dorfe jetzt so schön wie niemals noch zuvor bei seinen jetzt bald vierzig Jahren. »Warum denn in die weite Welt, Mamsellchen?«

»Warum?« – Aber sie blieb selbst die Antwort schuldig; der Anfang eines Liedes tauchte plötzlich in ihr auf, dessen Worte sie kaum jemals recht gefaßt hatte. Wie tastend griff sie einen Akkord und hob mit halber Stimme an:

> »Ein Vöglein singt so süße
> Vor mir von Ort zu Ort!
> Oh, meine müden Füße!
> Das Vöglein sing so süße;
> Ich wandre immerfort.«

Sträkelstrakel hatte sich selig lauschend gegen die Wand gelehnt, Geige und Bogen müßig in der herabhängenden Hand. »Geht es nicht weiter?« frug er leise, als Kätti nach dieser ersten Strophe schwieg.

»O doch! Aber ich weiß nur noch das Ende!« Dann griff sie wieder in die Saiten und sang aufs neue:

> »Wo ist nun hin das Singen?
> Schon sank das Abendrot –
> Die Nacht hat es verstecket,
> Hat alles zugedecket;
> Wem klag ich meine Not?
>
> Kein Sternlein blinkt im Walde,
> Weiß weder Weg noch Ort;
> Die Blumen an der Halde,
> Die Blumen in dem Walde,
> Die blühn im Dunkeln fort.«

Von der offenen Veranda her erscholl ein lautes Händeklatschen:
»Bravo, bravissimo!« –Herr Zippel war während der letzten Strophe
ein ungesehener Zuhörer gewesen und jetzt im besten Ansatz, seiner Begeisterung Luft zu machen. Aber Kätti hatte wohl diesmal
keine Neigung gehabt, den Reden ihres Vaters standzuhalten; als er
in den Saal trat, fand er nur noch den kleinen Musikanten, der sich
mit seinem blau karierten Taschentuch die Augen wischte.

Das Einweihungsfest und noch verschiedene andre Feste, Wald- und Wasserfahrten, waren unter lebhafter Beteiligung vorübergegangen; als dann der Winter seine dunkle Eisdecke über den Fluß breitete, standen Herrn Zippels fröhlich bewimpelte Zelte auf derselben, und aus der an der Flußmündung belegenen Nachbarstadt flogen Schlitten und Schlittschuhläufer ab und zu. Der hagere, milzsüchtige Pastor, der die neue Wirtschaft nie anders als »Zipperleins Wald- und Wasserleiden« nannte, hatte in seiner Sonntagspredigt schon die deutlichsten Anspielungen auf Sodom und Gomorra fallen lassen.

Dann aber kam die trübe Zeit, wo alles in Tau- und Schlackerwetter untergeht, und dann der Frühling und der neue Sommer. Die goldene Inschrift über der Veranda hatte nun schon fast eines vollen Jahres Glut und Winterungemach bestehen müssen, sie leuchtete nicht mehr so lustig wie im vorigen Sommer, und vielleicht mochte es damit zusammenhängen, daß jetzt selbst an Sonntagen die Zahl der Gäste nur eine dürftige war, ja, daß man allerlei unbillige und bedenkliche Vergleiche zwischen dem neuen und dem alten bäuerlichen Wirte anzustellen begann. So viel war gewiß, Kätti hatte eine Menge Zeit und wußte nicht recht, wohin damit. Sie musizierte wohl noch an einzelnen Abenden mit Sträkelstrakel in dem leeren Saale, sie sang und spielte auch wohl einmal, wenn Gäste unter der Veranda saßen; aber sie tat das eine mehr, um die schüchtern fragenden Augen des kleinen Musikanten zu befriedigen, das andre nach dem Willen ihres Vaters, dem sie nicht entgehen konnte. Mit den Töchtern der Bauern wußte sie nichts zu reden und diese nichts mit ihr; nur der junge Unterlehrer, ein gutmütiger Mensch mit Plattfüßen und gelbblonden Haaren, saß oft stundenlang neben ihr am Klavier und blickte, gleich Sträkelstrakel, in stummer Anbetung zu ihr auf. Aber was kümmerten sie eigentlich diese beiden Menschen!

Manchmal nahm sie das kleinste der beiden weiß und grün gestrichenen Boote und ruderte den Fluß hinauf, bis wo am Ufer entlang sich große Binsenfelder streckten. Durch einige führte eine Wasserstraße wieder auf die Flußbreite hinaus; in andern gelangte sie nach einer schmalen Öffnung, durch welche das Boot nur mit eingezogenen Rudern hindurchglitt auf einen stillen, rings umschlossenen Wasserspiegel. Hier, an schwülen Sommernachmittagen, legte sie gern ihr Fahrzeug in den Schatten einer hohen Binsenwand; auf dem Boden des Bootes hingestreckt, die schmalen Hände über dem schwarzen Haar gefaltet, konnte sie ganze Stunden hier verbringen. Die Abgeschiedenheit des Ortes, das leise Rauschen der Binsen, über denen das lautlose Gaukeln der Libellen spielte, versenkte sie in einen Zustand der Geborgenheit vor jener doch so nahen Welt ihres Vaterhauses, in der sie immer weniger sich zurechtzufinden wußte.

Da sie nach einer solchen Ausflucht eines Nachmittags durch den Garten ging, sah sie in einer der Lauben den Unterlehrer vor einem leeren Bierglas sitzen. Bei ihrer Annäherung stand er schüchtern auf. »O bitte, Fräulein«, sagte er, »ich habe Ihrer hier gewartet.« Da sie aber frug, was er denn von ihr begehre, stammelte er etwas und bar sie endlich, ihm ein Seidel Bier zu bringen.

Kätti ging mit dem Glase in das Haus; als sie in die leere Gaststube trat, sah sie ihren Vater vor einem Papiere sitzen, auf dem er lebhaft mit einem Bleistift hin und wieder arbeitete. »Unausläßlich!« murmelte er. »Unausläßlich! Das reine Wald- und Wiesenwasser! Daß einem das nicht schon im vorigen Sommer eingefallen ist!«

»Was denn, Vater?« frug Kätti.

Aber er beachtete sie gar nicht; sein schon recht grau gewordenes Haar mit allen Fingern in die Höhe ziehend, fuhr er fort zu murmeln und zu stricheln.

Kätti zapfte das Bier ein und ging mit ihrem vollen Seidel fort. Als sie im Garten zu der Laube kam, stand dort der Unterlehrer und hatte gleichfalls einen beschriebenen Bogen in der Hand, den er eben auseinanderfaltete, in der offenbaren Absicht, seinen Inhalt vorzutragen. »Fräulein«, sagte er demütig, »Sie werden mich nicht verkennen!«

»Gewiß nicht, Herr Petersen«, erwiderte Kätti, indem sie das Bier neben ihm auf den Tisch stellte; der Unterlehrer erschien ihr noch wunderlicher als ihr Vater.

Herr Petersen räusperte sich und begann hierauf zu lesen; aber schon nach den ersten Versen – denn Verse waren es –, die von der Seligkeit des Himmels handelten, geriet er ins Stocken und wurde von irgendeiner ihn bestürmenden Erregung so kirschbraun im Gesicht, daß Kätti sich im Ernst um ihn zu ängstigen begann.

»Lesen Sie doch weiter, Herr Petersen«, bat sie; »es klingt ganz hübsch; haben Sie das selbst gemacht?«

Aber er wagte keinen weiteren Versuch; noch einmal, wie in gewaltsamer Ermutigung, sah er sie mit aufgerissenen Augen an; dann drückte er hastig das Papier in ihre Hand, und Bier und Mütze auf dem Tisch im Stich lassend, stolperte er auf seinen Plattfüßen eiligst die Steige nach dem Fluß hinab.

Kätti sah ihm ziemlich gleichgültig nach; als sie jedoch in dem anvertrauten Schriftwerk weiterlas, schlug eine flammende Röte ihr ins Angesicht; auf dem großen Papierbogen in schulgemäßer Schrift und zwischen ausgelöschten Bleistiftlinien stand hinter der Seligkeit des Himmels eine unverkennbar irdische Liebeserklärung, der ein gut bürgerlicher Heiratsantrag folgte.

Ihre Hand ließ das Papier zur Erde fallen, und fast zuckte eins der flinken Füßchen danach hin; aber es kam nicht weiter: Kätti schüttelte sich nur ein wenig; dann hob sie das verachtete Schriftstück auf und trug es sorgsam in die Küche, wo eben ein einsames Feuer unter dem großen Kessel lohte.

Noch einen Augenblick, und die Flammen hatten die ungelegene Liebeserklärung ergriffen; und Kätti schaute sorgsam zu, bis auch das letzte Wort davon vernichtet war.

– – Am Abend dieses Tages hatte ein Bruchteil von einer versprengten Sängerbande sich ins Dorf verschlagen, und Herr Zippel versäumte nicht, mit derselben für den folgenden Tag eine jener Festivitäten zu veranstalten, die so wenig den Beifall seines Seelenhirten fanden. Die Gesellschaft bestand zunächst aus einem Geschwisterpaar, einem Geiger und einer Harfenspielerin; letztere wenig hübsch und mürrisch um sich schauend, aber, gleich dem ansehnlicheren Bruder, von geschmeidigem Wuchse. Neben ihnen war noch eine Gitarrespielerin, ein blondes bewegliches Ding, mit zwei blauen verliebten Augen; sie lief sogleich durch Hof und Haus und machte sich überall zu schaffen. Als draußen der Mond am Himmel stand, schob sie ihren Arm in Kättis Arm und zog diese mit sich in den Garten. »Komm«, sagte sie, »ich muß meinen Mund einmal wieder laufen lassen; da drinnen die Gundel und ihr Bruder könnten einen schier zu Tode schweigen! Was schauen Sie mich denn so an?« fuhr sie fort, als Kätti ihre dunkeln Augen auf dem hübschen lachenden Antlitz ruhen ließ. »Meine Schwester hätten Sie sehen sollen; ach, war die schön! Nur gut, daß ich nicht mehr neben der zu singen brauche; sie hat einen reichen Mann geheiratet; oh, es heiraten viele von uns sehr reiche Männer!«

»So?« sagte Kätti. »Wo wohnt denn Ihre Schwester?«

»In Wien, in einem sehr schönen Hause; ihr Mann ist ein berühmter Uhrenhändler.«

»In Wien?« Kättis Aufmerksamkeit wurde jetzt doch rege. »Kommen Sie so weit herum?«

»So weit? Wir kommen allenthalben. Aber Sie singen und spielen ja auch; Sie sollten mit uns kommen; was wollen Sie hier länger auf dem Dorfe sitzen! Ich freilich muß noch morgen von den andern fort; ich muß zu meinem schwedischen Grafen, der erwartet mich!«

»Ein Graf!« wiederholte Kätti voll Bewunderung. »Werden Sie sich mit dem verheiraten?«

»Weshalb denn nicht? Erst reisen wir zusammen auf ein paar Monate nach Baden-Baden.«

Kätti kannte den Ort aus ihren Geographiestunden. »Nicht wahr«, sagte sie, »da, wo die vornehmen Leute hinreisen und ihre Geld verspielen?«

Die andre nickte. »Ich bin schon einmal dort gewesen; das sollten Sie sehen, die schönen Menschen, die großen Feuerwerke, als ob auf einmal alle Sterne vom Himmel herunterfallen; wie in einem Märchen, sagt mein Graf!«

Noch lange gingen Kätti und die Gitarrespielerin Arm in Arm auf den mondhellen Gartensteigen; der hübsche Plaudermund des fahrenden Mädchens wußte immer Neues zu erzählen; vor Kättis Augen stiegen die Zauber der Ferne auf.

> Ein Vöglein singt so süße
> Vor mir von Ort zu Ort;

sie wußte nicht, warum die Melodie ihr immer vor den Ohren summte.

Etwa vier Wochen später und etwa zwanzig Meilen weiter süd-
lich ins deutsche Land hinein geschah es, daß eines Vormittages
Wulf Fedders, der einstige Primaner, jetzt Doctor juris utriusque, in
einer mittelgroßen Stadt aus einem Wochenwagen stieg. Eine Weile
sah er die Straße hinauf, wo eben Jahrmarkt war, warf noch einen
Blick auf das Schild zum blauen Löwen, unter dem der Wagen hielt,
und trat dann ins Haus, um sich zur Weiterreise auf der von hier
nach Norden hin beginnenden Eisenbahn zu stärken.

In der Tür zur Gaststube ging ein etwas bleicher, aber stattlich
aussehender Herr an ihm vorüber, der sich sein weißes Schnupftuch
gegen die eine Wange drückte. Der junge Doktor sah das; aber er
achtete nicht weiter darauf, sondern setzte sich an einen Tisch und
ließ sich auftragen.

Außer einigen Gästen, welche aus und ein gingen, bemerkte er
nur ein Musikantenpaar, einen Geiger und eine Harfenspielerin,
welche neben dem Eingang saßen und der Stunde zu harren schie-
nen, wo der leere Raum sich wieder füllen würde. Wulf Fedders
hatte freilich wenig Teilnahme für seine Umgebung, er schmeckte
vielleicht nicht einmal die Speisen, die dessenungeachtet rasch genug von seinem Teller verschwanden; denn in seinem Kopfe kreuz-
ten sich allerlei Gedanken. Er hatte eben seinen »Doktor« cum laude
absolviert, und da der Tod beider Eltern ihn in die Lage gebracht
hatte, ein paar Jahre vom eignen Kapital zu zehren, so stand die
akademische Lehrkanzel als längst geplantes Ziel vor seinen Augen.
Zunächst freilich nach all der anstrengenden Arbeit mußte er sich
ein paar Monde Ruhe gönnen; das heißt, was solche junge Bücher-
menschen Ruhe nennen; denn die Doktorabhandlung, die nur eine
Quintessenz enthielt, sollte zu einem epochemachenden Werke
ausgearbeitet, aller emsig gesammelte Drucke und Exzerpte nun
erst gründlich benutzt werden. – Als den Ort seiner Sommerfrische
hatte er sich das große wald- und wasserreiche Dorf ersehen, in
dessen patriarchalischer Krugwirtschaft es ihm an manchem Som-
mersonntag seiner Primanerzeit so wohl gewesen war. Er dachte es
sich lebhaft, wie in solch ländlicher Ruhe das neue Werk gedeihen
und wie er außerdem zu gesundheitsstärkenden Wanderungen die
Mußezeit benutzen werde. Und dann! Ja, auch das noch kam hinzu:
die Stadt seines Schülerlebens war von dort in ein paar Stunden zu
erreichen, und in jener Stadt – er wußte das aus bester Quelle – war

für die nächsten Monate eine junge Dame auf Besuch, eine blonde blauäugige Majorstochter, die er im letzten Winter bei einem Professorentee gesehen hatte und die seitdem mit dem epochemachenden Buche sich geschwisterlich in sein Herz teilte. –

Der Doktor Wulf Fedders hatte es nicht bemerkt, daß während seiner nachdenklichen Mahlzeit zwar nicht zwei blaue, aber doch zwei glänzende schwarze Augen unablässig auf ihn gerichtet waren. Als er jetzt aufblickte, sah er eine junge Gitarrespielerin, welche abgesondert mit ihrem Instrumente in der Ofenecke saß. Er erschrak fast, als ihre Blicke sich begegneten; wie um erst sich zu besinnen, wandte er seine Augen ab; dann blickte er wieder hin, um schärfer zu betrachten. Plötzlich stand er auf und ging gerade auf das Mädchen zu, während sie, ohne sich zu regen, ihn näher kommen ließ.

»Kätti?« rief er, als er vor ihr stand.

Sie ließ den Kopf auf ihre Brust sinken. »Ja, Kätti«, sagte sie leise.

Als sie dann die Augen langsam zu ihm aufhob, machte die eigentümliche Schönheit des Mädchens ihn fast verstummen. Erst als aus der Musikantenecke ein herrischer Ruf an sie erging, brach es hervor. »Also zu denen da gehörst du?« rief er – und es war fast derselbe Ton, womit er einst das faule Schulkind abgekanzelt hatte –, »eine fahrende Marktsängerin ist aus dir geworden, und ich selber hab' wohl gar noch dazu helfen müssen. Ich kann's mir denken, du hast dich in den jungen Vagabunden da verliebt und bist mit ihm davongelaufen!«

Kätti sah ihn ganz erschrocken an und schüttelte heftig ihr dunkles Köpfchen.

»Nicht? Aber weshalb bist du denn fortgegangen?«

»Ich weiß nicht«, sagte sie schüchtern; »ich glaube, ich mochte nicht mehr mit Sträkelstrakel spielen.«

Er lachte doch. »Was ist das: Sträkelstrakel?«

»Ein kleiner Schneider, der bei uns Violine spielt.«

»Mamsell!« rief es wieder aus der Musikantenecke. »Kommen Sie an Ihren Platz!«

»Und weshalb« frug der Doktor, ohne auf diesen Ruf zu achten, »sitzest du hier so abseits? Hast du Streit mit jenen Leuten?«

Kätti schwieg erst einen Augenblick; dann sagte sie: »Er ist frech gegen mich gewesen; ich will nicht spielen.«

Wulf Fedders trat an den Musikantentisch.

»Wie kommt Ihr zu dem Mädchen?« frug er drohend; »sie ist guter Leute Tochter.«

Der Bursche sah ihn an und nahm einen Schluck aus dem Glase, das er vor sich hatte. »Weiß schon«, sagte er, »wo sie zu Hause ist!«

»Sie ist ein halbes Kind«, fuhr der Doktor fort, »Ihr könnt dafür bestraft werden, Ihr durftet sie nicht mit Euch nehmen!«

»Sind Sie dabei gewesen, Herr?« rief der Bursche und stieß mit seiner Geige tönend auf die Tischplatte. »Mitten in der Nacht, da wir mit unserm Fuhrwerk eine Viertelstunde hinterm Dorfe waren, ist sie mit ihrer Gitarre aus dem Busch hervorgesprungen; sie hat sich meinem Bräunchen an den Zügel gehängt, daß ich nicht hab' fahren können, und hat gebettelt und geweint, daß wir sie mit uns nehmen möchten.«

Der Geigenspieler hielt einen Augenblick inne; denn der Herr, der zuvor hinausgegangen war, setzte sich draußen vor dem Fenster auf die Bank.

»Nun?« rief Wulf Fedders ungeduldig.

»Nun, Herr? – Es fand sich just ein leerer Platz im Karren, weil unsre vorige Mamsell uns durchgegangen war. Da ließ ich sie drauf hinsitzen, um dem Lamento nur ein End zu machen.«

»Der Tausch mag Euch schon angestanden haben«, sagte der Doktor; »Ihr habt Euch wohl nicht gar zu lang bedacht!«

»Meinen Sie, Herr? – Nun, allzuviel hat sie uns just nicht zugebracht; sie trägt schon meiner Schwester Hemd am Leibe, und die Schuhe werden auch bald zerrissen sein!«

Der junge Doktor warf unwillkürlich einen Blick in die andre Ecke, wo Kätti, den Kopf an ihre Gitarre lehnend, unbeweglich mit geschlossenen Augen saß. Die Schuhe an ihren über Kreuz gelegten Füßchen waren freilich in erbarmungswertem Zustande.

»Aber«, sagte er und wandte sich wieder zu dem Geiger, »Ihr seid unehrerbietig gegen das Kind gewesen; was habt Ihr mit ihm vorgehabt?«

Der Bursche stieß lachend seine Schwester an, eine Dirne mit harten Zügen, welche, ihre Harfe im Arm, die Pause zur Verspeisung eines Butterbrotes benutzte. »Da hör, Gundel!« rief er. »Hörst du, was ich gewesen bin?«

Dann wandte er sich wieder zu seinem jungen Gegner und sagte nachdrücklich: »Ich weiß eben nicht, warum ich Euch hier Antwort steh; aber der Herr da draußen ist einer von unsern Freunden; er hatte sein Späßchen mit der neuen Mamsell, wie er's mit der andern auch gehabt hat; aber der schwarze Fratz tat wild wie eine Katze und hat ihm seine Wange aufgerissen!«

»Und dann?« fragte Wulf und faßte krampfhaft seinen Ziegenhainer, den er vorhin fast unwillkürlich in die Hand genommen hatte.

»Dann? – Nun, Herr, Ihr seht's ja, daß ich sie nicht gefressen habe!« Der Mensch zeigte seine weißen Zähne und stieß sein Trinkglas auf den Tisch, daß die Scherben dem Doktor ums Gesicht flogen.

Wulf Fedders verlor für einen Augenblick seine sonstige Besonnenheit; ein zorniges Wort, ein Schlag mit dem geschwungenen Ziegenhainer war die augenblickliche Erwiderung. Aber der Schlag ging fehl; Kätti, die bei den heftigen Worten auf ihn zugeflogen war, taumelte mit blutender Stirn an seine Brust.

Der junge Vagabund, eine breite muskulöse Gestalt, war hinter seinem Tische aufgesprungen. Er hatte die Faust, aus der er die Geige fallen ließ, schon dräuend über seinen Kopf erhoben; aber es kam nicht soweit, er schien sich zu besinnen, der Handel mochte ihm doch bedenklich scheinen. »Mag der Herr die Mamsell behalten, wenn sie sonst noch zu kurieren ist«, rief er höhnend; »es laufen der Dirnen noch genug herum!«

Das leicht rieselnde jungfräuliche Blut hatte indessen die Sache schlimmer erscheinen lassen, als sie war. Die kleine Streifwunde hatte keine Bedeutung, und auch der Schrecken war bald überwunden; für den Doktor aber erschien nun die Pflicht, sich der Verlassenen anzunehmen, nur um so deutlicher; und schon am andern Nachmittage langten beide wohlbehalten vor der »Wald- und Wasserfreude« an.

Die dicke Magd, welche als perfekte Köchin aus dem früheren Wohnorte mit herübergenommen war, schlug die Hände über dem Kopf zusammen, da sie ihren alten Primaner so plötzlich mit ihrer verschwundenen Mamsell aus einem Wagen steigen sah. Übrigens enthielt sie sich aller unnützen Reden, und als der Doktor nach dem Hausherrn frug, streckte sie die Hand nach der Flußseite und sagte: »Ich bin bloß für die Küche; aber gehen Sie nur dreist hinunter!«

Und wirklich, hier stand Herr Zippel barfuß bis an die Knie im Wasser, und um ihn her eine Schar von Arbeitern, welche Pfähle in den Flußgrund rammten. Sein Haar flog im Winde, und Kätti, die hinter ihrem Beschützer herschlich, spähte voller Angst, ob es – wie ihr Vater einst prophezeit hatte – vor Kummer über sie nicht schon schneeweiß geworden sei. Aber er sah nicht anders aus, als da sie fortgegangen war. Dagegen schien der Augenblick nicht eben angetan, um eine besondere Erregung des Wiedersehens in Herrn Zippels Herzen zu erwecken. Erst als der Doktor ihn wiederholt mit lautem Ruf begrüßt hatte, kam er an das Ufer gewatet, nachdem er noch zweimal seinen Arbeitern einen Befehl zurückgerufen und ihn dann zum dritten Male widerrufen hatte.

Er erkannte sogleich seinen alten Mietsmann und machte ihm einige rasch hervorgestoßene Komplimente über seine stattlichere Gestalt und seinen Backenbart; dann aber, zur Hauptsache kommend, beschrieb er mit ausgespreizten Fingern einen Halbkreis nach dem Lande zu. »Das hier«, sagte er, »wenn Sie es früher gesehen haben, Sie werden es nicht wiedererkennen! Nun wollen wir dem Fluß noch seine Ehre tun! Dort sehen Sie die Boote; hier entsteht das neue Bad; in all den tausend Jahren ist das keinem eingefallen! Das reine Wald- und Wiesenwasser, das Entzücken aller Ärzte auf zehn Meilen in der Runde!«

In diesem Augenblicke erst bemerkte er seine Tochter, welche ein paar Schritte seitwärts stand. »Kätti! Rosalie! Beim Himmel, die Rosalie!« rief er und schleuderte beide Arme in die Luft. »Herr Fedders«, wandte er sich an diesen, »haben Sie meine Aufrufe in den Blättern gelesen? Die Dummheit hat mir einen Haufen Geld gekostet!« – Aber damit schien auch die Sache abgetan; das von dem Mädchen so sehr gefürchtete Wiedersehen ging nach einigen weiteren Ausrufungen wie ein beiläufiges Zwischenspiel in dem großen Werke des Wald- und Wiesenwasserbades beinahe unbemerkt vorüber.

Erst nach Stunden, da er zufällig ins Haus hinaufgelaufen kam, frug Herr Zippel seine Tochter, ob sie denn mit dem Primaner Fedders – »Doktor« sagte Kätti –, also dem Doktor Fedders heimgereist sei, und ob sie unterwegs wohl ein so wundersam belegenes Bad gesehen habe, als dieses bisher unbekannte Dorf ihm jetzt verdanken werde. »Wenn wir nur auch den Sträkelstrakel wieder hätten!« setzte er hinzu. »Ich hab' es ausprobiert; die Badenden werden es im Wasser hören können, wenn ihr hier oben musiziert!«

»Sträkelstrakel!« rief Kätti. »Was ist mit dem?«

Herr Zippel lachte. »Als die Gitarre fort war, ist die Violine hinterdrein gelaufen; er war ohne dich doch auch nur eine magere Verzierung für die Wald- und Wasserfreude!«

Kätti sprang voll Schreck von ihrem Stuhle auf. »Er ist fort? Und noch nicht wieder da?«

»Nein, noch nicht. Aber, der Tausend, ich muß nach meinen Leuten sehen!«

Dem Doktor, welcher sich entschlossen hatte, hier seine Sommerfrische zu genießen, waren in dem unten am Flußufer belegenen Abnahmehause ein paar Zimmer eingeräumt, in denen für die künftigen Badegäste die erste Einrichtung schon eingetroffen war. Seine Aufwartung hatte Kätti übernommen, und sie tat alles mit einer so stillen, nie nachlassenden Aufmerksamkeit, daß er dem sonst so flüchtigen Mädchen oft verwundert zusah; auch als nach einigen Tagen seine Kiste mit Büchern und Papieren anlangte, ging sie so anstellig ihm zur Hand, als wüßte sie von selbst, wohin er jegliches geordnet haben wollte.

»Wie dir das ansteht, Kätti!« sagte er scherzend. »Nicht wahr, du läufst nicht wieder in die Welt hinaus?«

Bei ihrer schmächtigen Gestalt und den herabhängenden Zöpfen, die sie in seiner Primanerzeit schon ebenso getragen, konnte er sich nicht entwöhnen, sie auch jetzt noch gleich einem halben Kinde zu behandeln; aber sie stand bei diesen Worten plötzlich todbleich vor ihm. »O bitte!« sagte sie und hob flehend die Augen zu ihm auf.

Er warf einen fast erstaunten Blick auf sie. »Verzeih, Kätti«, sagte er dann; wir reden niemals mehr davon.«

Zum Singen, wie einstens in der Giebelstube, wurde sie nicht mehr von ihm aufgefordert, er selber hatte sein Musizieren wie eine Jugendtorheit hinter sich gelassen; zum Ausgleich schädlichen Studierensitzens fand er es weit ersprießlicher, statt der Gitarre sich eine Botanisiertrommel umzuhängen und so, zugleich lernend und marschierend, seine Mußestunden zu verwerten.

Zu solchen Wanderungen war hier die weiteste Gelegenheit; aber es waren nicht die einzigen, welche von ihm unternommen wurden; schon mehrere Male war er in der Stadt gewesen und dann immer erst am nächsten Tage heimgekehrt.

Bei solcher Rückkunft fand er stets einen frischen Blumenstrauß auf seinem Tische; aber obgleich er wissen mußte, daß nur Kätti ihn dahin gestellt haben konnte, so erhielt diese doch nie ein freundliches Wort darüber. Anfänglich verwunderte sie sich nur; dann aber begann es sie lebhaft zu beschäftigen, und endlich beschloß sie, ihm an solchen Tagen lieber gar nicht mehr vor Augen zu kommen; und so fand er denn künftig neben dem Blumenstrauß auch sein Abendbrot als wie von unsichtbaren Händen aufgetragen. Sie dachte nicht, daß er auch hierin nichts Besonderes fand.

Einmal aber, da er von solcher Wanderung in sein Zimmer trat, fand er das Mädchen weinend an der Haustür stehen. Nun sah er sie denn doch. »Kätti! Kind! Was fehlt dir?« frug er.

Ihr fehlte nichts; aber Sträkelstrakel war vor einer Stunde per Schub von der Polizei ins Dorf zurücktransportiert worden. »Um meinetwegen!« rief Kätti, und ihre Tränen brachen reichlicher hervor. »Und seine Geige – er hat sie versetzen müssen, weil er gehungert hat; er hat nicht einmal spielen dürfen, denn er hat keine Konzession gehabt!«

Der Doktor hörte schon nicht mehr, was sie noch weiter sprach; was kümmerte ihn der kleine Fiedelmusikant, den er nie gesehen hatte!

»Aber er muß seine Geige wiederhaben!« sagte Kätti; und da der Doktor hierauf nur wie in Gedanken mit dem Kopf nickte, rief sie, ihre schmalen Hände ringend: »Ich habe kein Geld! Ich habe nichts, gar nichts!«

Sie wollte dem jungen Manne zu Füßen fallen; da schüttelte er die Träume, die er von der Stadt mit hergebracht hatte, aus seinen blonden Haaren und fing sie mit beiden Armen auf. »Kätti, Kätti! Besinne dich! Wie heißt der Mann? Ich will ihm seine Geige wiederschaffen!«

Bis sie plötzlich fort war, blieb er wie gefangen in der Glut der stummen Dankbarkeit, die aus den dunkeln Augen ihm entgegenströmte. Bald aber, da er allein an seinem Arbeitstische saß, schalt er sich selbst darüber und suchte seine Gedanken auf den Weg zur Stadt zurückzubringen.

Schon am andern Tage ging er selbst dahin, ja, er blieb dort auch den folgenden; als er am dritten Tage endlich wiederkam, schien er absichtlich Kättis Gegenwart zu meiden. Gekränkt und grübelnd ging das Kind umher: was hatte sie ihm denn getan? Sie verlangte ja nichts weiter als freundlichen »Guten Tag« und »Guten Weg«!

Da geschah es eines Nachmittags, daß Herr Zippel seinen Wachtelhund vermißte. Da das Tier schon seit gestern nicht mehr gesehen war, so lief Kätti von Haus zu Haus, um es zu suchen, denn es war fast mit ihr aufgewachsen. Aber sie erfuhr nichts Bestimmtes; nur ein Kind behauptete, es habe die lange Trina, die dort hinterm Holze wohne, mit einem schwarzundweißgefleckten Hündchen auf dem Weg gesehen.

»O weh!« sagte die dicke Magd, als Kätti mit diesem Bericht nach Hause kam.

»Warum o weh, Anngretje?«

»Darum«, sagte die Magd, »weil das Fidélchen immer Buttersemmeln aß und sehr gut bei Schicke war.«

»Deshalb?« – Kätti mußte lachen.

»Ja, ja, Kättichen; die lange Trina schlachtet die kleinen fetten Hunde; das Fett verkauft sie an den Apotheker in der Stadt und macht auch Sympathie damit.«

Nun erschrak das Mädchen ernstlich; aber Herr Zippel, der eben hinzutrat, langte in die Tasche und drückte ihr ein Geldstück in die Hand. »Geh selbst und kauf's der alten Hexe ab«, sagte er; »Fidélchen wird schon noch am Leben sein!«

– – Es führte durch den Wald ein Weg und von diesem ein Fußsteig zu der Wohnung der langen Trina; Kätti aber fürchtete sich zu verirren und ging lieber im weiten Bogen um den Wald herum. Als sie nach stundenlanger Wanderung die Kate erreicht hatte, welche im Schatten eines Tannenschlages lag, fiel ihr Blick zuerst auf ein gegen die Mauer gelehntes Brett, an dem die Felle von allerlei Getier, dem Anscheine nach zum Trocknen, festgeheftet waren; Kätti besah eines nach dem andern, doch schien Fidélchens Fell noch nicht dabei zu sein.

Bei ihrem Eintritt in die Wohnung saß die hagere Alte vor einer dampfenden Kaffeetasse. Sie hatte früher einmal bei einer verwitweten Kammerherrin in der Stadt gedient und nach deren Tode nebst anderm Plunder auch die schwarzen Krepphauben der Dame zum Geschenk erhalten, welche sie seitdem, mit bunten Bänderfetzen verziert, auf ihrem eignen Kopfe trug. Kätti, obwohl vom Dorfe her die lange Trina ihr nicht unbekannt war, erschrak hier in der Einsamkeit doch vor dem knochigen Bauernantlitz, das so grotesk unter dem Flitterputz hervorschaute.

Aber die Alte rückte ihr einen Stuhl zum Tische und nötigte sie wiederholt, wenn auch vergebens, ein Schlückchen aus ihrer Tasse zu probieren; von dem Hunde aber wollte sie nichts gesehen haben.

»Es ist meine Katze gewesen«, sagte sie; »die läuft mir oftmals nach; sieh nur, dort liegt sie unterm Ofen!«

Und wirklich lag dort eine schwarzundweißgefleckte Katze, die sich, wie ihr behagliches Schnurren zu erkennen gab, um all die abgezogenen Fellchen draußen wenig zu bekümmern schien.

Aber Kätti traute doch nicht; sie drückte dem Weibe das Geldstück in die Hand und sagte: »Da habt Ihr ein Trinkgeld; mein kleiner Hund heißt Fidél, und wenn Ihr ihn uns wiederbringt, so gibt mein Vater Euch gern das Doppelte!«

»Ich weiß nichts von deinem Hund«, rief die Alte unwirsch. »Aber«, fuhr sie wie in plötzlichem Besinnen fort, »du sollst den Weg doch nicht umsonst gemacht haben! Kennst du, was man den Speiteufel heißt?«

Kätti schüttelte den Kopf.

»Es ist ein Pilz, und es gibt deren blaue, rote und auch grüne; aber von dem roten muß es sein; er wächst hier im Holze, just um diese Zeit.«

Das Mädchen sah gespannt die Alte an.

»Wenn du dir wieder ein Hündchen ziehen willst, so tupfe mit dem Finger in den roten Schaum, der auf dem Hute liegt, und netze das mit deinen Lippen! Es brennt ein wenig; aber das schadet nicht. Warte nur, es ist auch ein Spruch dabei!« Sie zog ihre Tischschublade auf, kramte darin umher und holte endlich einen schmutzigen Zettel daraus hervor, den sie Kätti vor die Augen hielt. »Das muß dabei gesprochen werden«, sagte sie; wenn dann das Hündchen davon frißt, so wird es nimmer von dir weichen.«

Die lange Trina rückte näher und fuhr mit ihrer harten Hand über die Wange des Mädchens. »Es hilft nicht bloß für Hündchen«, sagte sie heimlich; »die gelbe Marthe weiß wohl, warum sie jetzund auf der großen Hufe sitzt; der Niklas hatte zwei und wußte nicht, an welche er sich hängen sollte.«

Kätti saß plötzlich wie mit abwesenden Augen; ihr dunkles Gesicht war merklich bleich geworden.

Die Alte sah sie schmunzelnd an; dann ergriff sie eine ihrer schwarzen Flechten und zog den Kopf des Mädchens an den ihren, während ein lüsterner Zug den groben Mund umspielte. »Du«, flüsterte sie, »du bist wohl gar um dessentwillen hergekommen; du hast wohl auch so einen Hin-und-wieder-Burschen! Streich's ihm auf ein Brötchen, auf ein Stückchen Zucker; es gibt Rat für alles in der Welt! Nur merk's dir, fürsichtig mußt du sein; ein wenig macht lebendig, zuviel – da könnt der Teufel leicht sein Spiel gewinnen!«

Wie aus einem bösen Traum sprang das Kind empor. »Nein, nein! Laßt mich los; ich will nichts von Euren Teufelskünsten wissen!«

Sie war schon draußen vor der Haustür; aber das Weib kam hinterher. »Narre, Narre, wohin läufst du?« rief sie, als sie das Mädchen auf dem Wege sah, der um das Holz herumführte. Sie war zu ihr getreten und zeigte auf einen Eingang in den Tannenschlag. »Dort«, sagte sie, »und immer gradeaus, so kommst du auf den Fahrweg!« Sie führte Kätti an der Hand, bis wo der Fußsteig deutlich zu erkennen war. »Nun lauf; und wenn du dich besonnen hast, in einem halben Stündchen kannst du bei mir sein!«

Fast willenlos hatte Kätti sich in den finsteren Tannensteig hineinführen lassen. In ihrem Köpfchen war kein Raum jetzt für die Furcht; das Hündchen freilich war vergessen, aber statt seiner hatte ein Menschenbild sich unerbittlicher als je der jungen Phantasie bemächtigt. Schon vordem, mit der qualvollen Spürkraft der Eifersucht, hatte sie herausempfunden, wohin die Stadtbesuche ihres Gastes zielten; bei den aufregenden Worten des argen Weibes hatten plötzlich alle Zweifel sie verlassen; aber zugleich auch war eine wilde Hoffnung in ihr aufgestiegen, die sie vergebens zu verjagen strebte. Wie betäubt ging sie jetzt dahin auf dem einsamen Waldsteige; immer wieder schwebte der schmutzige Zettel ihr vor Augen, und mechanisch murmelten ihre Lippen die unverständlichen Worte, die sie darauf gelesen hatte.

Dann wieder sah sie jäh empor, als suche sie Zuflucht in dem reinen Ätherblau, das hoch über ihr am Himmel stand; sie schüttelte wie zornig ihr dunkles Köpfchen, als könne sie so die unheimlichen Gedanken von sich werfen; aber immer wieder und immer unabwehrbarer drang es auf sie ein. Unwillkürlich suchten ihre Blicke hin und wider, und bald folgten auch die Füße seitwärts vom Wege ab; ihre Augen streiften alles, was hier durcheinander aus dem Dunst des Bodens aufgeschossen war; auch Pilze von allerlei Form und Farben sah sie, nur waren es die rechten nicht. Und weiter ging sie, ohne auf den Weg zu achten, ohne aufzusehen; da, am Rande einer feuchten Lichtung, stockten ihre Schritte. Sie glaubte erst, es sei eine Blume, was so zinnoberrot unter dem grünen Farnkraut hervorleuchtete; aber bald sah sie es deutlich, es war der Hut eines großen Pilzes, der hier jetzt dicht vor ihren Füßen stand.

Ein Laut gleich einem Stöhnen kam über ihre Lippen; sie schloß die Augen wie vor einem bösen Trugbild; aber als sie sie wieder öffnete, stand es noch immer da und bot, wie in einem Näpfchen, ihr den roten Schaum entgegen. Ohne daß sie es wollte, hatte sie sich hinabgebückt; in ihren Gedanken rief es: »Gift! Gift! Es ist Gefahr dabei!«, aber ihre stürmenden Pulse antworteten: »Es ist um desto besser!«

Ihre Lippen begannen wieder die unsinnigen Worte herzusagen, und schon hatte sie den Arm, den Finger ausgestreckt, da bewegte sich der Hut des Pilzes; ein Schauer zog durch den Wald, und die Bäume rauschten wie vom Odem eines Unsichtbaren angehaucht.

Es war nur der Abendwind, der sich erhoben hatte; aber das Mädchen war aufgesprungen; vom Schrecken der Einsamkeit erfaßt, rannte sie ohne Aufhör in den Wald hinein, ohne umzusehen, ohne zu achten, daß die Fetzen ihrer Kleider an den Büschen blieben, bis sie endlich in gutem Glücke auf den ihr bekannten Fahrweg hinauskam.

Ihr wurde plötzlich leicht ums Herz; sie atmete auf, als ob sie jetzt dem Zauberbann der argen Frau entronnen wäre. Ihr fiel nicht bei, daß noch ein andrer sie gefangenhalte, aus dem sie nicht so leicht entrinnen sollte.

Am nächsten Sonntage, es war schon gegen Abend, fuhr in drei Wagen eine Gesellschaft feiner Leute an der »Wald- und Wasserfreude« vor. Herr Zippel, dem vorher nichts angemeldet worden, geriet in große Aufregung, als man ihm ankündigte, hier sei die letzte Station der heutigen Lustfahrt; man wolle nun mit Abendbrot und Tanz den Kehraus machen. Der Doktor dagegen schien von allem unterrichtet; er war sogleich zur Stelle, half den alten und jungen Damen vom Wagen und schalt die jungen Herren, daß sie sich unterwegs so lange aufgehalten.

Kätti stand, nach der Flußseite, halb verdeckt hinter der Ecke des Hauses. Untätig, mit düsteren Augen und herabhängenden Armen, hörte und beobachtete sie alles, was hier vorging; dann, als die Gäste von ihrem Vater in das Haus hineinkomplimentiert waren, schlich sie sich zögernd durch den Garten in die Küche.

Nicht lange nachher erschien sie mit Tischzeug und Geschirr in der Veranda und begann unter Herrn Zippels kreuz und quer fliegenden Befehlen die Abendtafel herzurichten. Während sie leicht und sicher eines nach dem andern an seinen Platz setzte, wandelte die Gesellschaft plaudernd und lachend auf den Gängen des sich unterhalb ausbreitenden Gartens, und Kätti konnte es nicht lassen, mitunter halb beklommen einen Blick hinauszuwerfen. Die jungen Damen waren ihr fast alle bekannt, mit mehreren hatte sie einst auf derselben Schulbank gesessen, und – sie zog grübelnd eine ihrer schwarzen Flechten über die Brust hinab – von keiner war sie noch begrüßt worden. Aber freilich, sie war bei ihrer Ankunft ja auch hinten um das Haus herumgelaufen! – Nur eine, die hübscheste, ein schlankes blondes Mädchen, war ihr fremd; sie hatte was Vornehmes in dem lässigen Neigen ihres Kopfes, und Kätti selber mußte immer die Augen nach ihr wenden. Aber es war noch ein andres, wodurch die blonde Dame wie magnetisch die Blicke des braunen Mädchens auf sich zog. Es war nicht zu verkennen, daß sie sich immer wieder wie von selber mit dem Doktor Fedders zusammenfand, und eben jetzt gingen beide ohne Begleitung den Seitensteg zum Flusse hinab und konnten der überhängenden Büsche wegen von der Veranda aus nicht mehr gesehen werden. Kätti blickte auf die Stelle, wo die jugendlichen Gestalten verschwunden waren, bis sie vor der scharfen Stimme ihres Vaters aufschreckte und nun emsig in ihrer Arbeit fortfuhr.

Als sie die letzte Schüssel aufgesetzt hatte, sah sie das Paar aus der Tiefe des schon dämmerigen Gartens auf dem an der Veranda vorbeiführenden Steige heraufkommen. Das blonde Mädchen hatte eine feine weiße Hand erhoben und redete lebhaft zu dem jungen Doktor. Gewiß, sie war die Hübscheste; aber – Kätti wußte nicht recht weshalb – auch wohl die Stolzeste!

Und jetzt näherten die beiden sich der Veranda, und da sie auf dem Steige langsam vorübergingen, ließ die junge Dame ihre blauen Augen eine Weile betrachtend auf Kättis Antlitz ruhen und fragte dann wie gleichgültig, sich wieder zu ihrem Begleiter wendend: »Wer ist das Mädchen?« Sie hatte laut genug gesprochen, und in dem Ton der Frage lag kein Bemühen, sie vor ihrem Gegenstande zu verbergen.

»Es ist die Wirtstochter«, sagte der Doktor leise und schien rascher vorübergehen zu wollen.

Aber Kättis feine Ohren hatten auch das gehört.

Die junge Dame hob den blonden Kopf und sprach lächelnd ein paar Worte auf französisch, und Wulf Fedders erwiderte in derselben Sprache. Dann gingen sie vorüber, und Kätti hörte sie von hinten in den Saal treten.

Der Garten drunten hatte sich geleert; die übrige Gesellschaft war am Flußufer auf und ab gegangen und kam jetzt die große Felstreppe wieder herauf, welche zu der Anfahrt des Hauses führte.

Die braune schmächtige Wirtstochter stand noch immer in der Veranda, unbeweglich an derselben Stelle; sie wußte selbst nicht, was sie überkommen war; aber sie fühlte, wie ihr das Herz fast schmerzhaft schlug und wie ihr ganzer Körper bebte. Plötzlich warf sie, was an Gerät noch in ihren Händen war, fort und lief in den Garten hinab. – Noch eine Weile saß sie unten vor der Abnahmewohnung auf dem großen Feldstein, der unter den Fenstern ihres Gastes lag. Es war ganz einsam hier; nur der Fluß rollte in dem Abendwind, der sich erhoben hatte, eintönig seine Wellen an dem Uferrand hinauf. Kätti starrte auf das immer wiederkehrende Spiel des Wassers; sie hatte keinen Gedanken, sie fühlte sich nur ganz verachtet und vernichtet. Aber jetzt hörte sie oben vom Hause her die Stimme ihres Vaters »Kätti! Kätti!« rufen und dann schärfer und lauter: »Rosalie!« und noch einmal: »Rosalie!«

Sie wußte wohl, jetzt, während die Gäste in der Veranda tafelten, sollte sie mit Sträkelstrakel spielen und zur Gitarre ihre Lieder singen. Aber – vor jenem blonden Mädchen? Sie hätte sich eher die Zunge abgebissen. Und selbst vor ihren früheren Schulkameradinnen – auch vor denen nicht; nein, nun und nimmer wieder!

Vorsichtig stand sie auf; aber sie ging nicht, wohin sie gerufen wurde. Seitwärts unter alten Nußbüschen war ein niedriges Rohrdach auf dem Boden hingebaut, ein Aufbewahrungsort für allerlei Gerümpel, noch von dem vorigen Wirte her. In dem hintersten Winkel, hinter leeren Tonnen und Bienenkörben hatte Kätti sich zusammengekauert. Sie hörte noch einmal ihren Vater rufen, aber sie achtete nicht darauf; sie hielt sich mit beiden Händen die Ohren zu und stützte die Arme auf ihre Knie. Doch saß sie jetzt nicht mehr in dumpfem Hinbrüten; »die Wirtstochter!« sprach sie halblaut vor sich hin, »nur die Wirtstochter!« – Er hatte vor Jahren auf dieselbe Frage ja ganz dieselbe Antwort gegeben, und sie hatte sich damals kindisch darüber gefreut; warum denn brannte heut das Wort wie eine Kränkung in ihrer jungen Brust? – Aber es war ja auch nicht jenes Wort allein; wie anders als gegen sie war sein Benehmen jenem blonden Mädchen gegenüber! Sie hatte früher nie daran gedacht; aber jetzt wallte es siedend in ihr auf: er hatte keinen Anstand genommen, sie noch immerfort zu duzen, so wie sie selber es bisweilen mit dem armen Sträkelstrakel machte!

Sie richtete sich jäh empor, daß sie den Kopf an einen Sparren stieß. – War das eine Mahnung, daß sie sich nicht zu hoch erheben sollte? – Freilich, sie hatte nichts gelernt, sie konnte nicht französisch mit ihm sprechen, in der Schule war sie immer faul gewesen. Aber sie besaß noch ihre Bücher; es war noch Zeit, um das Versäumte nachzuholen; nur das Lexikon fehlte ihr – aber unter des Doktors Büchern hatte sie eins gesehen; gleich morgen wollte sie ihn darum bitten! Nein, keine Teufelskünste, wozu die lange Trina sie verführen wollte; aber lernen, lernen! Er sollte sehen, daß sie keiner etwas nachgab.

Sie legte wieder den Kopf in ihre Hände. Da hörte sie es von oben aus dem Garten herabkommen, und bald darauf unterschied sie ein

Saitenklimpern und daneben den ungleichen Tritt des kleinen Musikanten. Gewiß, mit seiner Geige unter dem Arme wanderte er umher, um sie zu suchen. Aber sie regte sich nicht, und die Schritte entfernten sich wieder. Einmal flog es durch sie hin, und ihr war, als stocke jählings ihr Herz, ob denn nicht er, er selber sie vermissen würde? – Aber es kam niemand mehr. Statt dessen hörte sie bald vom Saal herab das Getöse des Tanzes, Geigenstriche und fröhliches Lachen.

Qualvolle Stunden vergingen; endlich wurde es still, und die Wagen fuhren ab. Kätti schlüpfte aus ihrem Versteck, ließ einen Augenblick noch den feuchten Nachtwind über ihre Wangen gehen und schlich sich dann im Dunkeln fort auf ihre Kammer.

Am andern Tage, da es noch morgenfrisch vom Fluß heraufwehte, kam Kätti wie gewöhnlich mit dem aus Brot und Milch bestehenden Frühstück des Doktors nach dem Abnahmehaus herab; vor der Haustür aber zögerte sie und holte ein paarmal tiefen Atem. Sie sah etwas bleich und anders aus als sonst; die dunkelrote Schleife saß zwar noch in dem glänzend schwarzen Haar; aber die langen Zöpfe waren am Hinterkopf zu einem Knoten aufgesteckt. Sie wollte nicht mehr wie ein Kind vor ihm erscheinen.

Als sie eintrat, stand der Doktor vor einer aufgezogenen Schublade und kramte in seiner Wäsche, wandte aber auf das Geräusch des Türöffnens den Kopf und sah die Eintretende voll Erstaunen an. »Kätti! Fräulein Rosalie!« rief er scherzend. »Du bist ja ganz verwandelt. In welchem Zauberwinkel warst du gestern uns verschwunden?«

Sie hob den Kopf, und aus dem Spalt der halb geschlossenen Lider flog es wie ein Blick des Hasses auf ihn hin. »Ich bin krank gewesen«, sagte sie düster. Als sie aber den plötzlichen Ausdruck der Teilnahme auf seinem Antlitz sah, öffnete sie die Augen weit und blickte mit kindlicher Hilflosigkeit zu ihm auf.

»Du hättest noch ruhen sollen«, sagte er; »ich hätte mein Frühstück mir schon selbst geholt!«

Sie schüttelte den Kopf und zeigte auf ein kleines Diktionär, das zwischen andern Büchern auf einem Seitentische lag. »Wollen Sie mir das leihen?« frug sie. »Darf ich es mit nach Haus nehmen?«

»Das? Was willst du damit?«

»Ich will Französisch lernen.«

Das Antlitz des jungen Mannes verriet eine flüchtige Verlegenheit, die Kättis scharfen Augen nicht entging. Sie dachte: Was mag er gestern über dich gesprochen haben?

Aber der Doktor lachte schon wieder. »Wäre es nicht besser«, sagte er, »du bliebest beim Nähen und Stricken? Mich dünkt, du warst früher gerade kein Held darin.«

Sie antwortete ihm nicht darauf; sie wiederholte nur ihre Frage, ob er das Diktionär ihr leihen wolle.

»Gewiß, Kätti«, sagte er harmlos, »und behalte es, so lange es dir gefällt.«

Sie nahm das Buch und wollte eben gehen, als sie von ihm zurückgerufen wurde. »Sieh da«, sagte er und zeigte ihr einige auf dem Tische liegende Leinwandstücke, die augenscheinlich Teile eines zugeschnittenen Hemdes waren; »ich habe bei meiner plötzlichen Abreise das letzte vom Dutzend so mit fortnehmen müssen; habt ihr eine leidliche Näherin im Dorf?«

Sie schüttelte erst den Kopf; dann aber sagte sie hastig: »O ja, doch, es wird schon gehen; ich weiß doch eine.«

»Dann sei so gut, es zu besorgen!«

Sie packte rasch die Leinwand zusammen und ging mit dieser und dem Buche fort. Als sie draußen am Fenster vorüberschritt, sah er ihr durch die Scheiben nach, ja er öffnete das Fenster, um ihr noch weiter nachzusehen, und er tat es, bis das feine Köpfchen mit dem glänzend schwarzen Haarknoten droben im Gebüsch verschwunden war. »Vraiment, une petite princesse dans son genre!« Halblaut wiederholte er sich diese Worte, durch welche gestern die blonde Majorstochter sich mit der eigentümlichen Anmut des Mädchens abgefunden hatte.

Er stieß auch noch die andern Fensterflügel auf, um die frische Morgenluft hereinzulassen. »Dans son genre?« murmelte er vor sich hin. – »Nur dans son genre?« Und nachdenklich setzte er sich an den Tisch, um das ihm von der petite princesse gebrachte Frühstück zu verzehren.

– – Inzwischen schritt Kätti, nachdem sie oben am Hause das Diktionär in ein offenes Fenster gelegt hatte, die Dorfstraße hinab, bis sie an das niedrige Strohdach des Musikanten kam. Als sie zu ihm in die Stube trat, rutschte er mit möglichster Behendigkeit von seinem Schneidertisch herab und stand in seinen wollenen Strümpfen vor ihr auf dem Lehmboden.

»Sträkelstrakel!« sagte Kätti, während der kleine Mann sie halb verwundert, halb besorgt betrachtete. »Er kann doch Weißzeug nähen, Sträkelstrakel?«

Seine schmalen Lippen zogen sich zu einer harmlosen Selbstverspottung zusammen. »Ei freilich, Mamsellchen; ein Schneider im Dorf kann alles nähen: Hemden und Pudelmützen, und was Sie sonst noch lustig sind, Mamsellchen!«

Sie nickte und kramte ihre Leinwandstücke auf dem Arbeitstische aus. »So hilf mir! Nähen kann ich's schon; ich weiß nur nicht, wie es zusammengeht.«

Bald lehnten beide gegen den Tisch und suchten die zusammengehörigen Stücke richtig aneinanderzupassen. Der Schneider geriet wirklich ein paarmal in Verlegenheit, denn so ein Stadtherrending war doch was andres als ein gewöhnliches Bauernhemd. Endlich aber kam's zurecht. »So!« rief er und betrachtete jetzt etwas verwundert die Länge und Breite des Gewandes. »Ich hätte noch kaum den Herrn Zippel für eine so ansehnliche Person gehalten!«

Kätti wurde glühend rot. Aber der Schneider bemerkte das nicht, und sie selber sah sich nicht veranlaßt, ihn über ihren Arbeitgeber aufzuklären. Zärtlich, als verhülle sie ein Geheimnis, rollte sie die Leinwand wieder auf; dann fragte sie noch statt des Dankes: »Was meint Er, wollen wir einmal heut abend unsre Sonate spielen?«

Sträkelstrakel warf einen Blick auf seine Geige, die glücklich wieder an der Wand hing. »Ach ja, Mamsellchen«, sagte er freudig, »die von dem großen Mozart; und wir haben sie so lange nicht gespielt! – Freilich«, setzte er hinzu, »Sie haben jetzt auch viel zu schaffen; die Aufwartung da drunten bei dem jungen Herrn.« –

Er sah ihr seufzend nach, da sie mit einem freundlichen Nicken ihn jetzt verließ. Noch immer vermochte er ein neidisches Gefühl nicht ganz zu unterdrücken, daß der junge vornehme Herr das Mädchen so ohne alle Mühe vom Wege aufgelesen hatte. Aber die angeborene Dankbarkeit seines Herzens trug den Sieg davon. »Pfui! Pfui!« sagte er zu sich selber. Dann hinkte er an die Wand, langte Geige und Bogen von ihrem Haken, und bald erklangen aus dem niedrigen Stübchen in reinen Tönen die lieblichsten Passagen der Mozart-Sonate.

Als es an diesem Abend elf vom Glockenturm geschlagen hatte, stand der Doktor von seiner Arbeit auf und setzte sich auf den großen Stein vor seiner Haustür, um der Nachtkühle zu genießen und vor dem Schlaf noch eine Weile lieblichen Gedanken nachzuhängen, wie sie die zukunftsreiche Jugend zu besuchen pflegen. Nur eine Weile ruhten seine Blicke auf der Landschaft, die in verschwimmendem Umriß sich vor ihm ausbreitete; was sonst getrennt war, die Welt seiner Innern und die da draußen, im schützenden Dämmer der Nacht traten sie traulich zueinander und verwebten sich in eins. Wie traumredend durch die weite Stille rauschte der Fluß in seinen Ufern, und in dem silbernen Lichte des Sternenhimmels tauchte die Gestalt des blonden blauäugigen Mädchens wie Anadyomene aus der Flut. Er sah sie deutlich vor sich; nur der Saum ihres weißen Gewandes verlor sich in den Wellen; mit jenem lässigen Neigen des Hauptes lächelte sie ihn an, und in dem Rauschen des Schilfes unterschied er deutlich ihre Stimme: »Vraiment, une petite princesse dans son genre!« Aber sie war jetzt nicht mehr drunten über dem Wasser; sie wandelte an seiner Seite, sie beide vor den Säulen der Veranda; sie flüsterte noch etwas, aber er verstand es nicht.

Als er unwillkürlich den Kopf nach dem Lande zurückwandte, wo droben über dem Gebüsch der Giebel des Haupthauses sich gegen den Nachthimmel abhob, sah er zu seiner Verwunderung noch ein Licht durch die Zweige schimmern, und bald auch, daß es aus dem Fenster strahlte, hinter welchem, wie er wußte, Kättis Kammer war.

Er hatte so spät dort niemals Licht erblickt. Was mochte das wunderliche Mädchen jetzt noch treiben? Französisch? Aber weshalb denn, da sie es als Kind so gründlich doch verabscheut hatte? – Gleichviel; was kümmerte es ihn!

Aber dennoch sah er sie vor sich; das müde Köpfchen auf die Hand gestützt und gleichwohl eifrig in seinem Diktionär blätternd.

Er wandte sich wieder ab. Der Fluß rauschte noch wie zuvor in seinen Ufern; aber die blonde Majorstochter wollte nicht wieder aus seiner Flut emporsteigen, so ernstlich der junge Doktor auch seinen Willen darauf zu richten suchte. Unwillkürlich wandte er immer wieder seine Augen nach dem Lichte, das landwärts durch die Bäume schien; es schlug schon Mitternacht vom Turme; und erst, als es längere Zeit nachher erlosch, stand er von seinem Steine auf und ging in seine Kammer.

– – Die nächste und die darauffolgende Nacht war es ebenso. Am Morgen des dritten Tages, da Kätti ihm das Frühstück brachte, legte sie die fertige Näharbeit auf den Tisch.

Er nahm sie und betrachtete sie genau, während das Mädchen gespannt zu ihm hinüberblickte. »Das ist gut!« sagte er. »Lache nur nicht; ich verstehe mich darauf.« Er war, wie manche Männer, fast pedantisch in bezug auf seine Leibwäsche. »Und was kostet es?«

»Es kostet nichts«, erwiderte sie.

»Nichts? Lassen die Näherinnen hier sich nicht bezahlen?«

»Es gibt hier keine; ich selber habe es genäht. – Aber, wollen Sie mir jetzt auch diese Arbeit durchsehen?« Und damit legte sie ein mit französischen Themen beschriebenes Heftchen vor ihm hin.

Er nahm es schweigend und begann zu lesen, während sie mit beklommenem Atem vor ihm stand. Einmal zuckte sie erschreckt zusammen, da er einen Bleistift nahm und damit zwischen ihre Schrift hineinschrieb; endlich gab er ihr das Heft zurück. »Das ist auch gut!« sagte er und sah sie voll mit seinen blauen Augen an, während ein helles Freudenrot über des Mädchens Antlitz flog.

»Aber bist du denn nicht mehr die alte Kätti; wer hätte dich früher an den Nähtisch oder an die Bücher bringen können? Und nun? – Wie geht das zu? Oder ist es am Ende gar ein Wunder?«

Ihre Augen öffneten sich weit und sahen ihn an, bis sie sich mit Tränen füllten. »Ich weiß nicht«, stammelte sie verworren, »aber darf ich mit meinen Themen wiederkommen?«

Und als er ihr das zugesagt hatte, nahm sie ihr Heft und verließ eilig das Zimmer.

An Sträkelstrakels Geige war tags vorher die G-Saite gesprungen; nun kam er gegen Mittag aus der Stadt, wo er sich eine neue eingehandelt hatte. Müde, wie er war, bog er dennoch von der Dorfstraße in den Weg zur »Wald- und Wasserfreude« ein und wollte eben die steile Felstreppe nach dem Fluß hinunter, als Kätti aus dem Hause ihm entgegenkam.

»Wenn's nicht zuviel gebeten ist, Mamsellchen«, sagte er, seine große tellerrunde Mütze lüftend, »Sie kommen doch unten zum Herrn Doktor; Sie könnten mir eine Bestellung abnehmen, die sie in der Stadt mir aufgetragen haben!«

Kätti nickte und begleitete ihn nach der Straßenecke, während er ihr seinen Auftrag mitteilte. Sie nickte dann noch einmal; aber sie fühlte selbst, wie ihr die Hände plötzlich eiskalt geworden waren.

Als sie eben zurückgehen wollte, sah sie die lange Trina aus einem Hause treten; die Alte hatte ihre Krepphaube auf dem Kopf und einen schmutzigen gefüllten Sack auf ihrem Rücken; so stapfte sie an einem langen Knotenstock die Dorfstraße hinab.

Kätti machte eine Bewegung des Abscheus, aber Peter Jensen lachte: »Sie hat sich Schnaps gekauft«, sagte er; »mit ihrem Kräuterbeutel geht sie in die Stadt, mit einem Haarbeutel kommt sie heute abend wieder!«

»Erst abends?« fragte Kätti; es schien ihr plötzlich was durch den Kopf zu gehen.

»Oh, auch wohl nachts oder morgens! Die schläft am Weg so gut als wie zu Hause! Also, Mamsellchen«, setzte er hinzu, »nachmittags fünf Uhr, wenn Sie es nicht vergessen wollen!«

»Nein, nein«, erwiderte sie hastig, »geht nur und ruht Euch aus; ich werde Euch was Gutes zu Mittag schicken.« Ein heißes Rot hatte ihr Antlitz überzogen, während sie langsam ihrem Hause zuging; der empfangene Auftrag schien sie sehr erregt zu haben.

Aber erst am Nachmittage, kurz vor der genannten Stunde, stieg sie die Felsentreppe hinab; sie hätte näher durch den Garten gehen können; aber sie schien absichtlich, als wolle sie sich selbst noch einen Aufschub gönnen, diesen weiteren Weg zu wählen. Als sie vor der Schwelle des Abnahmehauses stand, erschrak sie fast, da sie die Haustür offen sah; auch mußte sie sich erst den einen kleinen Finger mit ihrem Tuche wischen; denn sie hatte ihn blutig gebissen, während sie von der letzten Treppenstufe bis hierher gegangen war.

Als aber Wulf Fedders mit seinem blonden Kopfe etwas verwirrt aus der vor ihm liegenden Arbeit auftauchte, sah er sie plötzlich vor sich stehen, und wie damals in ihrer Kinderzeit rief er: »Du, Kätti? Bist du schon lange hier?«

Sie schüttelte den Kopf; aber als sie sprechen wollte, fehlte ihr der Atem.

»Nun«, sagte er; »ich hab' schon so viel Zeit, dich anzuhören.«

Kätti blickte gegen die Wand und erwiderte stockend: »Ich glaube doch, daß die lange Trina unsern Fidél geschlachtet hat.«

»Meinst du? Aber was ist dabei zu machen?«

»Ich möchte bitten, daß Sie mit mir hingehen, ich habe Furcht allein.«

»Aber, Kätti, wenn er tot ist, bekommst du ihn ja doch nicht wieder!«

»Ich möchte es nur wissen«, sagte sie leise. »Wollen Sie nicht mit mir gehen?«

Der Doktor zögerte; es war, wie er sich ausdrückte, »ein Knacken« in seiner Arbeit, den er heut noch überwinden möchte; als aber Kätti vor ihm stehenblieb, nur die dunkeln Augen in angstvoller Erwartung auf ihn richtend, stand er auf und packte seine Bücher fort. »Wenn es denn sein muß, Kätti!« sagte er. »Aber was ist dir heute? Deine Wangen wetteifern ja mit deiner roten Schleife!«

Er erhielt keine Antwort; Kätti war schon draußen vor der Haustür.

Kopfschüttelnd nahm der Doktor seine Botanisiertrommel von der Wand, und bald gingen sie nebeneinander über die Felder nach dem Walde zu; sie hörten es eben hinter sich im Dorfe fünf vom Kirchturm schlagen, als sie ihn erreichten.

»Wollen wir nicht etwas rascher gehen?« sagte der Doktor, da Kätti jetzt absichtlich ihren Schritt zu hemmen schien.

»Ja, ja; ein wenig rascher!« – Sie tat es auch, bald aber wurde ihre Schritte zögernd wie vorher.

Er schien es nicht beachtet zu haben, daß sie um den äußeren Rand des Waldes herumgingen; denn es wuchs und blühte hier manches, das seine Aufmerksamkeit erregte, und Kätti hatte immer Neues ihm zu zeigen und zu fragen. Plötzlich aber, da er um sich blickte, rief er: »Weshalb gehen wir denn hier? Der Fahrweg durch den Wald muß ja viel näher sein.«

»Der Fahrweg?« – Kätti hatte den Kopf gewandt und sprach es in die Luft hinaus: »Es kann wohl sein; ich dachte nicht daran!«

»Aber du warst vorhin doch selbst so eilig!«

»O nein; ich haben Zeig genug.«

»Du bist ein wunderliches Mädchen, Kätti.«

Es dauerte lange, bis sie an die Kate der langen Trina kamen. Das baufällige Häuschen lag schon im tiefen Tannenschatten; aber die Tür war verschlossen, und Wulf Fedders trommelte daran mit beiden Fäusten, ohne daß geöffnet wurde. Als er durch die blinden Fenster hineinzublicken suchte, sprang von drinnen die schwarzundweißgefleckte Katze gegen die Scheiben und sah ihn mit ihren grünen Augen an. »Brr!« sagte er; »nur der Haushund ist da drinnen.« In demselben Augenblick aber, da er einen Schritt zurücktrat, gewahrte er das gegen die südliche Hausmauer angelehnte Brett, woran auch heute noch eine Anzahl von Tierfellen, mit der Rauchseite nach innen, angeheftet hing. »Kätti!« rief er; »wo bist du, Kätti?«

Sie stand seitwärts unter einer einzelnen Tanne und schien auf das Moor hinauszublicken, das sich hier vor der Hütte der Alten in unerkennbare Ferne hinausstreckte, mit der einen Hand hatte sie über sich einen Ast ergriffen, so daß ihr Köpfchen an dem eignen Arme ruhte.

Als Wulf Fedders die schlanke Mädchengestalt so fast wie schwebend gegen den schon goldig angehauchten Himmel sah, zögerte er einen Augenblick; dann rief er noch einmal, aber leise, ihren Namen; da wandte sie sich und kam langsam zu ihm.

»Ist das Fidél?« sagte er und hob mit einem abgerissenen Zweige die Rauchseite eines noch blutigen Felles in die Höhe.

Sie hielt ein Weilchen wie gezwungen die Augen darauf gerichtet und schüttelte dann den Kopf.

Er hob noch andre Felle auf. »Ein Iltis und zwei Katzen! Gott weiß, was die Alte mit dem Unzeug anfängt! – Wir können nun nur wieder heimgehen«, setzte er hinzu. »Und hier führt auch der Fußsteig in die Tannen!«

Sie stutzte erst und blickte unsicher vor sich hin; dann ging sie rasch voran.

Als sie eine Weile zwischen den dunkeln Bäumen fortgeschritten waren, ließen sich ganz deutlich seitwärts aus der Tiefe des Waldes Geigentöne hören.

Kätti fuhr sichtlich zusammen.

»Was hast du?« sagte er. »Bist du so schreckhaft heute? Die neuen Buchen werden nicht weit sein; es ist eine Tanzgesellschaft, und dein Sträkelstrakel spielt die Geige!«

Sie antwortete nicht; aber ein Seitensteig führte hier in die entgegengesetzte Richtung, und sie ging eilig darauf vorwärts, als ob sie vor jenen Tönen fliehen müsse. Und bald auch wieder war um sie her nichts andres vernehmbar als das eintönige Kochen und Weben in den Tannenwipfeln, die der Abendwind bewegte. Er folgte ihr in einiger Entfernung, doch nicht weiter, als daß er um so besser die anmutige Gestalt betrachten konnte; und seine Augen sahen bald nichts andres als sie. Im Gehen streifte ein überhängender Zweig die rote Schleife aus ihrem Haar; sie hatte es nicht bemerkt; aber er hob sie auf und zeigte sie ihr. »Warte!« sagte er; »ich weiß wohl, wie sie sitzen soll!«

Sie neigte demütig das Haupt und duldete es, daß seine ungeschickten Finger sich mit dem Bande mühten.

»Habe ich es recht gemacht?« frug er leise; noch einen Augenblick ruhte seine Hand auf ihrem Haar.

Sie nickte nur; es kam kein Hauch von ihrem Munde. Dann gingen sie aufs neue weiter; das Rauschen in den Wipfeln hatte aufgehört, es wurde immer stiller um sie her.

Jetzt öffnete sich eine Lichtung, in der das Gold des Abendhimmels auf Hülsen- und Farnkräutern lag, die hier in unberührter Einsamkeit beisammenstanden. »Weißt du denn wirklich, wo wir sind?« sagte Wulf, als Kätti vor ihm in das Gewirre hineinschritt. »Mir ist, als kämen wir niemals mehr aus diesem Wald!«

Ein gellender Schrei antwortete ihm.

»Kätti, liebe Kätti!« Er war im Nu an ihrer Seite.

Vor den Füßen des Mädchens lag eine Schlange, auf deren Rücken das Kainszeichen in dem schwarzen Zickzack deutlich zu erkennen war. Der tellerförmig aufgerollte Leib schien wie am Boden festgeheftet; nur die Muskeln spielten in unablässiger Bewegung, und der flache Kopf mit den glühenden Augen war drohend in die Luft emporgerichtet.

»Da, da!« stammelte Kätti und erhob mühsam wie im Traume ihre Hand.

Ein wütender Biß der Schlange zuckte nach ihr hin; aber Wulf Fedders hatte sie schon auf seinen Arm gehoben und trug sie fort, immer weiter, er wußte selber nicht, wohin; aus dem Tannen- in den Buchenschlag und aus den Buchen endlich an den Rand des Waldes; sie hatte die Arme um seinen Hals geschlungen und ruhte wie ein Kind mit ihrer Wange an der seinen.

Nun ließ er sie sanft zur Erde nieder; allein sie blieb noch mit geschlossenen Augen an ihm ruhen.

»Kätti«, sagte er sanft; »besinne dich, die Gefahr ist jetzt vorüber.«

Sie hob den Kopf und sah ihn an, als seien ihre Gedanken ganz woanders.

»Die Schlagen!« sagte er. »Weißt du nicht? Sie hätte dich doch fast gebissen!«

»Ja, ja, die Schlagen!« wiederholte sie und trat von ihm zurück; aber das Wort schien keine Bedeutung mehr für sie zu haben.

»Nicht wahr«, fuhr er fort, »sie ist weit, ganz weit von uns entfernt; du fürchtest sie nun nicht mehr?«

Sie schüttelte den Kopf und sah ihn dennoch angstvoll an.

»Kätti«, rief er bittend, »mach nicht so heimatlose Augen!«

Und da sie noch immer stumm blieb, streckte er in heftiger Bewegung beide Arme ihr entgegen.

Einen Augenblick neigte auch sie sich gegen ihn; dann aber richtete sie sich jäh empor. »Nein, nein«, schrie sie, und ihre kleinen Hände stießen ihn zurück; »ich kann nicht, ich bin falsch gewesen!«

»Falsch? Du, Kätti? Du kannst ja gar nicht falsch sein!«

»Doch«, sagte sie und nickte ein paarmal wie zur Beteuerung ihrer Schuld; »das Weib hat unseren Fidél gar nicht getötet; ich wußte das, denn sie fanden ihn heute in der Trinkgrube neben unserm Garten.«

Wulf Fedders schüttelte den Kopf. »Aber weshalb sind wir dann hier hinausgewandert?«

»Es war eine Gesellschaft aus der Stadt«, entgegnete sie stockend; »sie wollten in unsrer Wirtschaft vorfahren; ich sollte es an Sie bestellen.«

»Und das wolltest du nicht?«

»Nein, ich wollte es nicht.«

»Und weshalb?« frug er gespannt.

»Sie schwieg eine Weile; dann sah sie ihn fest mit ihren schwarzen Augensternen an und sagte: »Weil auch die blonde Dame mit in der Gesellschaft ist.«

»Darum also – die Tochter der Majorin meinst du?« Es klang plötzlich ein kühler Ton aus diesen Worten; die blonde Dame war auf einmal wieder in der Welt.

Da Kätti keine Antwort gab, so schwiegen beide und gingen langsam nebeneinander auf dem Wege hin. Als sie sich dem Tore des Geheges näherten, hörten sie wieder die Geige aus dem Walde tönen. Kättis weiße Zähnchen gruben sich in ihre Lippen; aber Wulf Fedders schritt, als habe er nichts gehört, vorüber.

»Wollen Sie nicht hineingehen?« sagte sie leise. »Sie treffen die Gesellschaft noch beisammen.«

Er schüttelte den Kopf. »Ein andermal, Kätti.« – Und stumm wie vorhin gingen die auf dem fast dunkeln Wege fort. Als sie das Dorf erreicht hatten, bogen sie von der Straße ab und schritten unten am Flußufer entlang. An der Felstreppe, die zur »Wald- und Wasserfreude« hinaufführte, blieb der Doktor stehen. »Gute Nacht, Kätti!«

»Gute Nacht«, hauchte sie; sie gaben sich nicht die Hände; wie ein gescheuchter Vogel flog sie die Stufen hinauf, bis er sie oben in der Dämmerung verschwinden sah.

– – An diesem Abend saß der Doktor noch lange auf dem großen Stein vor seiner Haustür und blickte auf den Fluß hinaus, der ruhig im Sternenlicht dahinzog; aber aus seinen Wellen wollte heute kein anmutiges Mädchenbild emporsteigen. Vor der nahen Wirklichkeit konnte das Spiel der Phantasie sich nicht entzünden; die nüchternen Gedanken hatten allein jetzt die Gewalt. – –

Wulf Fedders war der Sohn eines höheren Beamten, den bei schon reiferer Jungfräulichkeit eine Dame alten Geschlechts geehelicht hatte; und es geschah wie meist in solchen Ehen: da die Frau nicht umhin konnte, ihres Mannes bürgerlichen Stand zu teilen, so suchte sie wenigstens von der früheren »Exklusivität« noch so viel festzuhalten, als ihre kleinen Hände es vermochten. Die damit durchsetzte Luft des Hauses war auf den Sohn, der seine Mutter nach Verdienst verehrte, nicht ohne Einfluß geblieben; trotz guten Willens wurde es ihm meistens schwer, ja fast unmöglich, den Menschen ohne Rücksicht auf seinen Ursprung oder die ihm angeborene Vergangenheit zu schätzen. So wollte er wohl gern ein bedeutender Rechtsgelehrter, ein großer Staatsmann werden; aber hätte er dafür der Sohn eines Stallknechts sein und die Jugend eines solchen Kindes als Vorleben mit in Kauf nehmen müssen, er hätte sich doch sehr bedacht.

Nun saß er in der Einsamkeit der Nacht, in sich erschrocken über die Vorgänge dieses Nachmittages, die mit zudringlicher Deutlichkeit vor seinen Augen standen. Nur Kätti selber hatte ihn zurückgehalten, sich ihr für immer zu geloben; und Wulf Fedders war nicht der Mann, eine deutlich eingegangene Verpflichtung nicht auch mit allen Opfern zu erfüllen. Aber der gefährliche Augenblick war vorüber und konnte niemals wiederkehren. »Hermann Tobias Zippels Schwiegersohn!« Er schüttelte sich ein wenig, wie einstens

Kätti vor dem armen Unterlehrer; dann stand er langsam auf und
ging in seine Kammer.

An einem der nächsten Tage wurde Kätti von einem Glücksfalle betroffen, den sie freilich für den Augenblick wohl kaum zu schätzen wußte. Zufolge Testaments einer verstorbenen Patin wurde ihr nicht nur ein straffes Beutelchen mit silbernen und goldenen Schaumünzen eingehändigt, es war ihr außerdem eine nicht unansehnliche Summe ausgesetzt, welche zu Herrn Zippels Entrüstung nicht durch ihn als väterlichen Vormund, sondern durch eine dritte Person bis zu ihrer Mündigkeit verwaltet werden sollte.

Und als wäre es noch nicht Glückes genug, so begann der Unterlehrer, der seit seiner erfolglosen Liebeswerbung fortgeblieben war, aufs neue in der »Wald- und Wasserfreude« einzukehren. Da er die sichere Aussicht auf einen guten Schuldienst in der Stadt hatte, so suchte er sich der Tochter des Hauses wiederum mit allerlei Gespräch zu nähern, wobei er allmählich ein ganz munteres und zuversichtliches Wesen angenommen hatte. Als Wulf Fedders einmal darüber zukam, war ihm im ersten Augenblick, als ob ein Dorftölpel in seinen Blumengarten steigen wolle, und schon saß ein überlegenes Wort gegen den jungen Menschen auf seinen Lippen. Aber er besann sich; was kümmerte es ihn? Er wollte ja kein Recht an dieser Blume haben. Er ging fort, und Kätti sah ihm mit großen Augen nach, während die Reden des Schulmeisters wie leeres Wellengeräusch an ihrem Ohr vorübergingen.

Im übrigen wollte der Sonnenschein, der draußen fortdauernd vom Himmel auf die Erde glänzte, in der »Wald- und Wasserfreude« nicht zur Geltung kommen. Der Doktor zeigte sich nur selten oben in der Wirtschaft; wenn er nicht an seiner Arbeit saß, so lief er allein durch Wald und Feld, oder er war drüben in der Stadt, oft mehrere Tage nacheinander. Herr Zippel fuhr sich mehr als jemals unwirsch durch die Haare; denn von seinen Badarbeitern war ihm die Hälfte fortgelaufen, sei es, daß Herrn Zippels Anweisungen ihnen unausführbar geschienen, sei es, daß, wie hie und da gemunkelt wurde, der Lohn nicht prompt genug gefallen war. Noch unwirscher wurde er, wenn er die Tochter ansah: »Seit du vor lauter Eigensinn nicht mehr hast singen wollen, kommen immer weniger Gäste aus der Stadt; was soll denn darauf werden?« – Es zuckte schmerzlich durch das junge Gesicht; aber sie wußte nichts darauf zu sagen.

Dennoch waren wieder eines Tages Gäste angesagt. Kätti hatte, wie bestellt, den Kaffeetisch in der Veranda hergerichtet; vom Glockenturme schlug es drei, die junge Gesellschaft, welche für diesen Sommer sich zusammengefunden hatte, mußte bald erscheinen. Noch einmal übersah Kätti mit Sorgsamkeit ihr Werk; denn die Bedienung selbst hatte sie der dicken Köchin überwiesen, die eben dabei war, sich in ihren Sonntagsstaat zu werfen. Trotz ihres Vaters Mahnung, sie vermochte es nicht, auch nur zur Aufwartung zwischen diesen Gästen einherzugehen.

Auf ein Geräusch horchte sie hinaus, ob nicht das Rollen der ankommenden Wagen schon vernehmbar sei; aber es war nur der wohlbekannte ungleiche Schritt des kleinen Musikanten, was jetzt von der Anfahrt den Gartensteig entlang kam. Und bald erschien auch Sträkelstrakels dürftige Gestalt auf den Stufen der Veranda; obwohl eine auffallend milde Sonne heut am Himmel stand, trocknete er sich doch mit seinem karierten Schnupftuch die hellen Perlen von der Stirn.

Schon längst, mit dem Instinkt der Liebe, hatte er herausgefunden, weshalb seit nun schon vielen Tagen sein Liebling so seltsam stumm und blaß einherschlich; als er ihr jetzt in das erregte junge Antlitz blickte, dessen Züge heut eine eigentümliche Schärfe zeigten, ergriff er lebhaft ihre beiden Hände: »O Mamsellchen«, sagte er und hob seine grauen Augen in anbetender Entsagung zu ihr auf; »Sie sollten sich das nicht gar zu sehr zu Herzen nehmen; es gibt noch andre, die es ehrlich meinen!«

Sie blickte ihn nur traurig, aber freundlich an: »Ich weiß das, guter Sträkelstrakel; aber ich versteh dich nicht.«

»Wenn ich nur reden dürfte, Mamsellchen!«

»Weshalb denn solltest du nicht reden dürfen?« – Sie horchte noch einmal hinaus; aber es war von draußen nichts zu hören.

Sträkelstrakel hatte sich abermals die Stirn getrocknet. »Der Unterlehrer«, sagte er, »er ist kein feiner Herr; aber ich kenne ihn, er ist ein guter Mensch; Sie wissen, Mamsellchen, er versteht auch seine Orgel recht mit Schick zu spielen, und er hat doch nun das schöne Brot dort in der Stadt bekommen – wenn Sie gütigst ihm erlauben wollten, wieder einmal anzufragen!«

Ruhig hatte Kätti ihm zugehört. »Am Ende bist du schon als Freiwerber an mich abgesandt!« sagte sie und lehnte müde das dunkle Köpfchen an eine der Verandasäulen.

Sträkelstrakel wurde sehr verlegen. »O Mamsellchen«, sagte er zögernd, »aber wenn es denn so wäre!«

Sie antwortete nicht; sie hatte sich jählings aufgerichtet. Von der Dorfstraße her kam deutlich das rasche Rollen mehrerer Wagen.

Rasch trat sie auf den kleinen Musikanten zu und legte fest die Hand auf seinen Arm: »Schweig, Sträkelstrakel! Sprich nicht mehr; ich will nichts weiter von dem Narren hören!«

Als er sich umblickte, war sie verschwunden; draußen bei der Anfahrt aber erhob sich das Getöse der ankommenden Gäste, und von der Felstreppe herauf erschien der Doktor, um sie zu begrüßen.

– – Der Nachmittag verging, während Kätti hinter verschlossenen Türen in ihrer Kammer saß; als es drunten stiller geworden war, ging sie vorsichtig in das Haus hinab. Der Saal war leer, in der Veranda sah sie zwei ältere Damen beim Pikettspiel sitzen; aber hinter dem Garten, vom Fluß herauf, scholl ein fröhliches Stimmengewirr. Ein paar Augenblicke stand Kätti, den Kopf vorgeneigt und mit verhaltenem Atem, als ob sie aus dem fernen Schall sich einzelne Worte aufzuhaschen mühe; dann, fast wider ihren Willen, schlich sie in den Garten.

Die jugendliche Gesellschaft hatte das größte der beiden Boote losgekettet und war jetzt im Begriff, sich einzuschiffen; der Doktor und die blonde Dame waren die letzten, und eben ergriff sie seine Hand, um einzusteigen. Kätti sah es genau aus ihrem Versteck, und ihre Augen verschlangen alles, was sie sahen. Als das Boot stromaufwärts abgefahren war, blieb sie zuerst in dumpfem Sinnen stehen. Aber nicht lange, so war sie auch zum Fluß hinabgegangen; und bald folgte jenem größeren Boote das zweite, kleinere mit regelmäßigem leisem Ruderschlag; die Schifferin, die es lenkte, verstand es, stets denselben gemessenen Raum zwischen den beiden Booten innezuhalten. – Was wollte sie? – Sie wußte es selber nicht; aber ihre Augen hafteten wie gebannt an dem vollen Nachen, der im Glanz der Abendsonne mit Lachen und Gesang vor ihr den Strom hinauffuhr.

Weiter oben, an derselben Seite, wo auch das Dorf belegen war, erhob sich ein mäßig großer Hügel, den, wie eben jetzt, die Gäste der »Wald- und Wasserfreude« der schönen Aussicht halber aufzusuchen pflegten, um dann durch Wald und Wiesen wieder heimzukehren. Auch heute hatte man einen Burschen vorausgeschickt, der später mit dem leeren Boot zurückzurudern hatte; denn auf dem Hinwege freilich ließen die jungen Männer es sich nicht nehmen, ihre Damen selbst zu fahren.

Kätti wußte das; es war gewöhnlich so. Und endlich sah sie, wie das Boot vor ihr an jener Anhöhe landete und wie die Damen unter Handreichung der Herren an das Ufer sprangen. – Leise hielt sie ihr Ruder an. Aber was hatte die Gesellschaft dort? Es mußte ein Unfall geschehen sein; man drängte sich zusammen und schien lebhaft zu verhandeln. Dann wurde eine von den Damen – Kätti konnte nicht erkennen, welche – mit Hilfe eines Herrn in das Boot zurückgeführt; es war augenscheinlich, daß sie hinkte, sie mochte sich den Fuß vertreten haben. Jetzt gingen wieder alle an das Fahrzeug, und aufs neue schien man hin und her zu reden; die Verletzte schien dankend, aber heftig abzuwehren. Bei dem Flimmern der Abendsonne sah Kätti alles wie ein Schattenspiel; jetzt aber gewahrte sie deutlich, wie die Dame, von dem Arm des Herrn gehoben, in das Boot hinübertrat, wie dieser sich dann rasch nach einem Ruder bückte und vom Ufer abstieß, während die übrigen unter Tücherschwenken dem Hügel zugingen.

Kätti fuhr mit der Hand nach ihrem Herzen; sie zweifelte nicht, wer jene beiden waren, die jetzt selbander den einsamen Strom herabgefahren kamen. Ihr eigenes Boot befand sich eben seitwärts von der Einfahrt in den kleinen Binsenhafen; jetzt lenkte sie hinüber, und mit eingezogenen Rudern glitt es durch die enge Öffnung. Aus dem rings umschlossenen Raum war es nicht möglich, den Fluß hinaufzusehen; aber nach der einen Seite standen die Halme weniger dicht, so daß sie das Boot hineindrängen konnte und von hier aus eine Durchsicht nach dem Wasser zu gewann. Von drüben trat gleicherweise eine hohe Binsenwand so nah heran, und die Wasserbahn an dieser Stelle war dadurch so schmal, daß niemand unerkannt vorüber konnte.

Das Mädchen hatte die Hände über ihre Knie gefaltet und den dunkeln Kopf darauf gelegt; man hätte glauben können, daß sie betete; aber ihr Ohr horchte stromaufwärts in die Ferne, ihre Pulse hämmerten; was sie an Gedanken hatte, ging diesen einen Weg. Und jetzt, jetzt endlich in der ungeheuren Stille erfaßte ihr Ohr das Rauschen eines Ruderschlags. Sie fuhr empor und streckte sich mit dem ganzen Leibe nach jener Richtung, während ihre Hände sich an den Rand des Bootes klammerten. Gierig, als passe sie auf eine Beute, lauschte sie auf das nah und näher tönende Geräusch, das gerade auf sie zuzukommen schien. Allein sie hörte nichts von dem, was sie zu hören dachte: keine Worte, keinen Laut von Menschenlippen! Jetzt aber – es war, als ob die Ruder eingezogen würden, sie vernahm deutlich das Abtropfen des Wassers; und jetzt, vom Strom getragen, glitt draußen das Boot rauschend an ihrer Binsenwand entlang.

Kätti hatte sich aufgerichtet, zitternd bogen ihre Hände die nächsten Halme auseinander; aber, so weit sie ihre Augen öffnete, es ward nicht anders: Wulf Fedders war der Schiffer, das blonde Mädchen lag in seinen Armen. Aber nur noch einen Augenblick, dann fuhr sie jäh empor. »Es lachte jemand!« rief sie und sah sich mit erschreckten Augen um.

Der Doktor ließ sich nicht so leicht beirren. Aufs neue umschlang er seine Braut und küßte sie. »Du träumst«, sagte er zärtlich; »wir sind allein; wer sollte denn auch lachen, daß du mein geworden bist!«

Aber ungesehen hinter der dunkeln Binsenwand war in diesem Augenblick ein verbleichendes junges Antlitz auf den Rand des Bootes hingesunken. – Das Abendrot überglänzte den Himmel und verging, der Tau versilberte das schwarze Haar des schönen Mädchenkopfes, und fern im lichten Blau des Äthers schimmerte der Stern der Liebe. Da erst richtete sich Kätti wieder auf. Lange blickte sie in den milden Glanz des ruhigen Gestirnes; dann betrachtete sie aufmerksam ihre Hände, ihre kleinen Füße; sie löste ihr schönes Haar und ließ es durch die Finger gleiten, bis sich plötzlich ihre Arme streckten und sie mit beiden Händen nach den Rudern griff. »Nur die Wirtstochter!« rief sie. »Die Tochter aus der Wald- und Wasserfreude!« Ein bitteres Lächeln flog um ihren Mund; vielleicht auch hat sie wieder laut gelacht; aber niemand hat es hören können, das Fahrzeug, welches die beiden Glücklichen trug, war längst den Strom hinab.

Der Doktor hatte, wie er der Kühle wegen wohl zu tun pflegte, während dieser Nacht ein Fenster seines Wohnzimmers offengelassen. Als am andern Morgen sein Blick dahin fiel, gewahrte er auf der Fensterbank das französische Diktionär, das Kätti an jenem Morgen so eifrig mit sich fortgenommen hatte. Sie hatte es also schweigend ihm zurückgebracht und wollte es nun nicht mehr gebrauchen.

Da er zögernd das vom Nachttau feuchte Buch in seine Hand nahm, fiel ein Zettel mit Kättis kleiner Schrift heraus:

»Das Beutelchen mit den Gold- und Silbermünzen« – so hatte das rechtsunkundige Kind geschrieben – »nehme ich mit mir, und es braucht daher keiner meinethalben zu sorgen. Aber meine übrigen Erbgelder soll mein Vater haben; nur soll er davon Sträkelstrakel hundert Taler geben. Ich darf wohl hoffen, daß Sie dies für mich besorgen werden.«

Und weiter nichts; der Name »Kätti« stand darunter.

Bestürzt starrte Wulf Fedders auf diese Zeilen; das Lachen, das gestern seine schöne Braut erschreckt hatte, fiel ihm plötzlich schwer aufs Herz. Grübelnd sann er nach, ob er irgendeine Schuld an sich entdecken könne; aber er fand keine. Eine heftige Sehnsucht nach dem Mädchen wallte in ihm auf; aber er sagte sich mit Nachdruck, daß das nur Mitleid sei.

Noch ein paar Augenblicke; dann ging er durch den Garten nach dem Haupthause hinauf, wo er Herrn Zippel, wie zur Reise gerüstet, mit Hut und Stock im Gastzimmer antraf. »Ist Kätti hier?« frug er hastig.

»Kätti?« entgegnete Herr Zippel zerstreut. »Sie wird noch in den Federn liegen!«

»Nein, nein! Sie ist fort!«

»Fort?« Herr Zippel rannte aus der Tür und kam nach ein paar Augenblicken wieder. »Ja, ja! Ihr Bett ist unberührt! Aber weshalb? Warum?«

»Ich weiß es nicht«, erwiderte der Doktor mit etwas unsicherer Stimme; »aber lesen Sie das!«

Herr Zippel nahm ihm den dargebotenen Zettel aus der Hand. »Hm, richtig! Richtig!« rief er, indem er mit ausgespreizten Fingern sich alle Haare in die Höhe zog. »Wieder die alte Dummheit! Aber wissen Sie, dies da mit dem Gelde, das ist eine neue! Auf das Gekritzel zahlt mir niemand auch nur einen Schilling. Nun, es schadet nichts; leben Sie wohl, Herr Doktor; ich will in die Stadt!«

Der Doktor hielt ihn noch zurück. »Was wollen Sie dort? Wollen Sie es wieder in die Blätter setzen lassen?«

»Wie meinen Sie das? Ja, freilich wird es in die Blätter kommen! – Aber meine Kätti ist dennoch ein Genie; sie hat das rechte Teil erwählt; mit diesem Publikum ist nichts zu machen! Glauben Sie, daß die ›Wald- und Wasserfreude‹ existieren kann, wenn keine Gäste kommen? Oder glauben Sie es nicht?« Er sah ein paar Sekunden lang dem Doktor starr ins Angesicht, dann streckte er wie beschwörend seine Hand gegen das Fenster, durch welches man auf die Gartenanlagen und die Trümmer des neuen Wald- und Wiesenwasserbades sah. »Irgendein dummer Esel«, rief er, »welcher nach mir kommt, wird aus meinem Gedanken sich Dukaten prägen; das ist der Lauf der Welt! – Ich gehe aufs Gericht, um meine Insolvenz zu Protokoll zu geben!«

Er erhob stolz den Kopf, und seinen Spazierstock schwingend, schritt er zur Tür hinaus.

– – Einige Tage später saß drüben in der Stadt Wulf Fedders neben seiner hübschen blonden Braut. Sie plauderte schon lange und schien eifriger zu fragen, als er zu antworten.

»Und sie ist jetzt zum zweiten Male fortgelaufen?« hub sie aufs neue an.

»Ja, zum zweiten Male.«

»Und ihr habt keine Spur von ihr gefunden, gar keine?«

Er schüttelte den Kopf. »Nicht weiter als bis unten an der Flußmündung, wo auch das Boot gefunden wurde.«

»Du Ärmster, wie hast du dich wohl abgemüht.«

»Du übertreibst, Cäcilie; ich habe mich nicht abgemüht.«

Sie neigte den Kopf und sah ihn von unten auf mit ihren blauen
Augen an. »Leugne es nur nicht! Und – weißt du? – wäre es eine
andre gewesen, ich hätte eifersüchtig werden können!«

Ein leichtes Rot überflog sein Antlitz.

»Du?« rief sie neckisch drohend und erhob den Finger ihrer weißen Hand.

Wulf Fedders sah sie düster an. »Wollen wir nicht lieber von etwas anderm reden als immer nur von jenem armen Mädchen?«

Die junge Dame strich sich sorgsam ihre Kleider glatt und richtete
sich in ihrem Sessel auf. »Weißt du?« sagte sie. »Sie interessierte
mich doch; ich wußte nur nicht, wo ich sie hintun sollte; nach dieser
Geschichte aber bin ich ganz im reinen! Nicht wahr, sie hatte so
ruhelose Augen? Es war ein echtes Vagabundenangesicht!«

Ein Vierteljahrhundert ist seitdem vergangen. Das Gewese der
»Wald- und Wasserfreude« wurde schon derzeit in dem Zippel-
schen Konkurse von dem früheren Besitzer für seinen ältesten Sohn
zurückerworben, und mit diesem ist die alte patriarchalische Bauernwirtschaft, sind die billigen Preise und die Gäste wieder eingezogen. – Vor dem Abnahmehause, drunten am Flußufer, liegt noch
immer der große Stein, auf welchem einst Wulf Fedders seine An-
wandlung jugendlicher Träumerei überstand. Statt seiner konnte
man noch vor wenigen Jahren einen kleinen alten Mann dort sitzen
sehen, der bei einer der jetzt in dem Hause wohnenden Arbeiterfa-
milie von der Gemeinde in die Kost verdungen war. Zuweilen, an
milden Sommerabenden, wenn drinnen die Hausbewohner schon
zur Ruhe waren und nur die einsame Sternennacht im Flusse wi-
derschien, zogen von dorther klare Geigentöne über Dorf und An-
ger. Wer noch wach war und aufmerksam hinüberlauschte, hätte
wohl einzelne Passagen eines Mozartschen Adagios erkennen mögen; dazwischen tauchte eine sehnsüchtige Melodie empor und

verklang und kehrte wieder, bis – oft in später Nacht – das Geigen-
spiel verstummte.

Drüben aber in der Stadt, in dem Archiv der alten Landvogtei, zu
deren Bezirk die einstige »Wald- und Wasserfreude« gehört, liegt
unter den Akten über Verschollene ein Heft mit ganz vergilbtem
Deckel; es enthält die Verwaltungsnachweise über Kättis Erbgelder,
deren Zinsen längst das Kapital verdoppelt haben.

Der gegenwärtige Landvogt ist Wulf Fedders, welcher bald nach
seiner Verlobung alle Gedanken an künftigen Gelehrtenruhm mit
der sicherer zum häuslichen Herde führenden Beamtenlaufbahn
vertauscht hatte. Alle Jahre einmal, bei der Revision der Vormund-
schaften und Kurateln, gehen jene Akten durch seine Hände. Dann
gedenkt er plötzlich wieder der dunkelfarbigen Kätti und seiner
Schülerzeit jetzt jener Tage in der »Wald- und Wasserfreude«. Aber
er hat gar viele Akten und zu Hause eine blonde Frau und viele
Kinder; bevor er noch den Weg vom Amtslokale nach seiner Wohnung zurückgegangen ist, haben diese Erinnerungen ihn schon
längst verlassen.

Über tredition

Eigenes Buch veröffentlichen

tredition wurde 2006 in Hamburg gegründet und hat seither mehrere tausend Buchtitel veröffentlicht. Autoren veröffentlichen in wenigen leichten Schritten gedruckte Bücher, e-Books und audio-Books. tredition hat das Ziel, die beste und fairste Veröffentlichungsmöglichkeit für Autoren zu bieten.

tredition wurde mit der Erkenntnis gegründet, dass nur etwa jedes 200. bei Verlagen eingereichte Manuskript veröffentlicht wird. Dabei hat jedes Buch seinen Markt, also seine Leser. tredition sorgt dafür, dass für jedes Buch die Leserschaft auch erreicht wird.

Im einzigartigen Literatur-Netzwerk von tredition bieten zahlreiche Literatur-Partner (das sind Lektoren, Übersetzer, Hörbuchsprecher und Illustratoren) ihre Dienstleistung an, um Manuskripte zu verbessern oder die Vielfalt zu erhöhen. Autoren vereinbaren direkt mit den Literatur-Partnern die Konditionen ihrer Zusammenarbeit und partizipieren gemeinsam am Erfolg des Buches.

Das gesamte Verlagsprogramm von tredition ist bei allen stationären Buchhandlungen und Online-Buchhändlern wie z. B. Amazon erhältlich. e-Books stehen bei den führenden Online-Portalen (z. B. iBookstore von Apple oder Kindle von Amazon) zum Verkauf.

Einfach leicht ein Buch veröffentlichen: **www.tredition.de**

Eigene Buchreihe oder eigenen Verlag gründen

Seit 2009 bietet tredition sein Verlagskonzept auch als sogenanntes "White-Label" an. Das bedeutet, dass andere Unternehmen, Institutionen und Personen risikofrei und unkompliziert selbst zum Herausgeber von Büchern und Buchreihen unter eigener Marke werden können. tredition übernimmt dabei das komplette Herstellungs- und Distributionsrisiko.

Zahlreiche Zeitschriften-, Zeitungs- und Buchverlage, Universitäten, Forschungseinrichtungen u.v.m. nutzen diese Dienstleistung von tredition, um unter eigener Marke ohne Risiko Bücher zu verlegen.

Alle Informationen im Internet: **www.tredition.de/fuer-verlage**

tredition wurde mit mehreren Innovationspreisen ausgezeichnet, u. a. mit dem Webfuture Award und dem Innovationspreis der Buch Digitale.

tredition ist Mitglied im Börsenverein des Deutschen Buchhandels.

Dieses Werk elektronisch lesen

Dieses Werk ist Teil der Gutenberg-DE Edition DVD. Diese enthält das komplette Archiv des Projekt Gutenberg-DE. Die DVD ist im Internet erhältlich auf **http://gutenbergshop.abc.de**